SPAN
FIC
CID

$20

AUG 1 4 2017

# La gabardina azul

# La gabardina azul

*Daniel Cid*

**PLAN B**

1.ª edición: junio, 2017

© Daniel Cid, 2017
© Ediciones B, S. A., 2017
   Consell de Cent, 425-427 - 08009 Barcelona (España)
   *www.edicionesb.com*

Printed in Spain
ISBN: 978-84-17001-00-1
DL B 8120-2017

Impreso por Rodesa

Todos los derechos reservados. Bajo las sanciones establecidas
en el ordenamiento jurídico, queda rigurosamente prohibida,
sin autorización escrita de los titulares del *copyright*, la reproducción
total o parcial de esta obra por cualquier medio o procedimiento,
comprendidos la reprografía y el tratamiento informático, así como
la distribución de ejemplares mediante alquiler o préstamo públicos.

*A mamá y a Pilar,
por quererme y cuidarme siempre*

# PRIMERA PARTE

*Ah, la última vez que te vimos
parecías mucho más viejo,
tu famosa gabardina azul
estaba gastada en los hombros.*

LEONARD COHEN,
*Famous Blue Raincoat*

Me despierto aturdido.

Estoy en el suelo, en una posición difícil. El lado derecho de la cara presiona con fuerza el parqué y el cuello gira algo más de lo aconsejable para un entrenamiento de contorsionista novato, aunque algo menos que el de la niña de *El exorcista*.

Me quedo inmóvil durante el primer minuto ya que no quiero comprobar lo que pasará cuando intente levantarme. ¿Tendré algo roto? ¿Mi cuerpo se deshará bruscamente al regresar a una postura más convencional?

Un minuto. Tiempo suficiente para empezar a bucear en mis revueltos recuerdos de la noche anterior. Otra vez la misma historia, no.

No.

No quiero pensar, por ahora. Me levanto.

Apoyo la mano izquierda con fuerza en el suelo; de momento, todo bien. Empujo lo necesario para levantar unos centímetros el torso y girar; oh, sí, girar el cuello. Muy despacio. El cuello gira con normalidad. Apoyo la mano derecha y concentro en ambos brazos la poca energía de que dispongo. Empujo y comienzo a levantarme.

Estoy vestido de calle, con una camisa blanca, unos pantalones negros y botas de invierno. Vestido por Zara. Para la ocasión.

Ya estoy de pie. Al menos da la impresión de que todos los órganos vitales todavía me funcionan. Incluso el cerebro, aunque casi sería mejor que no. Parece que un estudiante de acupuntura estuviera haciendo prácticas en mi cabeza, dándome pinchazos a intervalos regulares.

Ibuprofeno. Dos pastillas.

Por un momento pienso que dos pastillas es mucho. Me da la risa. Me voy a cortar ahora con el ibuprofeno después de toda la tralla de la noche anterior. Dos pastillas está bien. Dos pastillas está de puta madre.

De momento no puedo pensar con esas agujas perforándome el cerebro, pero sé que cuando el dolor ceda comenzará un dolor mucho peor. Me recuesto en el sofá, presiono la cabeza contra el respaldo y espero a que así sea.

El séptimo vino fue la clave, con seis me hubiera ido a dormir.

Cuando tienes gasolina en las venas no debes jugar con fuego, y yo llevaba toda la semana jugando con él como si fuera un jodido faquir. En el límite. Seis vinos cada noche, un par de pitillos de postre y a la cama. Esa era mi cena. Dieta mediterránea. Todo esto después de un año y medio sin beber ni una gota. Mejor marca personal hasta la fecha.

Hasta ayer.

De todas formas, era cuestión de tiempo.

La recaída se había ido incubando y, una vez que el mecanismo se pone en marcha, mi capacidad para evitarla no es superior a la que tiene un enfermo de cáncer de eludir la temible metástasis.

Es un cáncer de voluntad sin tumor base. Y ataca por igual a voluntades débiles y fuertes. Tú puedes haber decidido dejar de beber, de drogarte, de jugar al póquer, o de realizar cualquier actividad compulsiva que te obsesione, cada uno tiene su propia selva. Pero más te vale hilar fino para esquivar la llamada, porque, en el momento en que la metástasis ataca, la voluntad cede. Así de sencillo. El que dijo aquello de «querer es poder» merece un nicho en el cementerio de la ignorancia.

El tratamiento es menos brusco: no hay operaciones quirúrgicas para extirpar tumores, no hay una brutal quimioterapia que te abrase; pero, como contrapartida, es más sutil, menos preciso, más abierto a interpretaciones, no es único. Y eso es peligroso.

Suena el teléfono. ¿Dónde?

Me incorporo y lo busco. Allí está, bajo la mesa, al lado de una de sus cuatro patas. Dios, será del trabajo. Son las nueve y media, hace media hora que tendría que estar allí. No me paro a pensar en que no estoy capacitado para hablar con nadie, en que me lo van a notar, y en un acto casi reflejo respondo:

—¿Sí? —acierto a decir.

No hay respuesta.

—¿Quién es? —balbuceo. Dios mío, ¿esa voz sale de mi cuerpo?

Después de unos segundos, cuelgan. Miro el número que ha hecho la llamada: número oculto.

Esa llamada incrementa mi inquietud y la pesadilla se va haciendo cada vez más insoportable, pero tengo que guardar la calma. Una llamada desde un número oculto no significa nada, pero en este estado siempre me vuelvo muy paranoico.

El estudiante de acupuntura se cansó del cerebro y está jugueteando con el estómago, que en mi cuerpo ostenta el título de Sede Oficial de Ansiedad y Angustia.

Tengo que llamar al trabajo e inventarme cualquier excusa, pero no sé si soy capaz de hablar. Debo de haber dormido una hora y tengo una terrible sensación de resaca y, sobre todo, de bajón de la coca.

Esta es una de las peores sensaciones que puede experimentar el ser humano. Estoy exagerando, claro. Hablo desde mi experiencia, nunca me han torturado. Y, además, hay gente que lo lleva mejor. A mí la coca me pone como una moto, me invade una sensación de bienestar no comparable a nada. Un buen polvo me causa tanto placer como una inocente caricia en la mano si se compara con lo que me provoca la cocaína. Pero esa sensación no es para siempre, y lo que viene después tampoco es comparable a nada.

El bajón está protagonizado por dos personajes: el primero se llama A Tomar por Culo (el bienestar que te provoca la demente danza que ejecutan los neurotransmisores del cerebro); y el segundo, Te Vas a Joder (con las taquicardias y con todo ese caos fisiológico, que hasta ahora te pasaba desapercibido por lo puesto que ibas).

Por tanto, para evitar la aparición de A Tomar por Culo y Te Vas a Joder, no puedo parar de drogarme una vez que empiezo, y todo se convierte en una inevitable carrera hacia el abismo. Y, por eso, ahora mismo necesitaría una raya, por lo menos para poder llamar al trabajo, y después dormir.

Dormir. ¿A quién quiero engañar? Lo de dormir, ayer fue un milagro. Me tuve que beber media botella de whisky nada más llegar a casa, y aun con esas he conseguido dormir una hora.

Busco en los bolsillos por si quedan restos de la noche. Los vacío sobre la mesa, desesperado: cigarros rotos, tarjetas, algunas monedas... Nada de coca. Tal vez en la mesa, donde me preparé las últimas rayas. Ni una pequeña piedra. Ni una minúscula mota de polvo blanco.

Desesperado, me arrodillo y busco en el suelo. ¿Acaso estoy rezando? ¿Implorando al dios de la Droga? Veo mis manos, las puntas de los dedos tienen sangre seca, de mi nariz, supongo. De momento no quiero verme la cara. No estoy preparado.

Si al menos tuviera algo de alcohol para calmar esta angustia..., pero todas las botellas que hay a mi alrededor, varias de cerveza y una de whisky, están vacías.

Tengo que llamar al trabajo. Sin esa preocupación todo será un poco menos difícil, pero antes de que pueda marcar el número suena el telefonillo.

Vale. Habrá venido Satanás a explicarme cómo va esto del infierno.

Supongo que será el cartero, pero no puedo evitar ponerme en guardia. El ritmo cardíaco va a tope, el estudiante de acupuntura me sigue jodiendo el estómago, pero ahora una aguja se le escapa y me toca el corazón. ¿Me dará un infarto? ¿Me voy a morir ahora? Contemplo una muerte inminente como una posibilidad más que real. No estoy seguro de que mi cuerpo sea capaz de aguantar. ¿Cuánto tardarán en encontrar mi cadáver?, ¿será mi madre la que lo encuentre cuando se presente aquí alarmada porque no contesto a sus llamadas? La veo gritando, volviéndose loca, cruzando esa línea en la que los vivos se convierten en muertos antes de morir.

Suena otra vez el telefonillo.

Me acerco a la puerta de entrada y lo descuelgo. Por la cámara no se ve a nadie.

—¿Hola? —digo.

No hay respuesta. Lo que faltaba. Antes el móvil, ahora esto. ¿Ocurrió algo ayer por lo que me puedan estar buscando? No, no recuerdo nada que me haga pensar eso. Tengo que tranquilizarme. Habrá sido el cartero.

Pero oigo el ascensor, se acerca, está subiendo.

Me tiemblan las manos. No sé si voy a soportarlo ni un segundo más, creo que estoy a punto de desmayarme. Dios mío, ¿cómo he llegado a esto?

La pierna de mi padre en la ventana. Amenaza con saltar y yo no soy capaz de mirarlo. Me escondo, pero ¿dónde? Y mamá, ¿qué hace mamá? La niebla no permite recordar con claridad.

Todavía no sé nada sobre el cáncer de voluntad. Tengo seis o siete años, qué coño voy a saber, no sé nada. Excepto una cosa: a mí jamás me pasará lo mismo. Eso es obvio.

A los catorce años pruebo el dulce veneno por primera vez. Una botella de vino. El alcohol me saca de una realidad cada vez más molesta, me da fuerza, me convierte en otro. Me gusta. Que empiece la fiesta.

El veneno tiene múltiples caras: hachís, marihuana, pastillas ilegales, pastillas legales y, por supuesto, alcohol y cocaína. Los monarcas de un reino cuyo único destino es el exterminio.

Beber y drogarme se convierten en dos de las cosas que más me gusta hacer en la vida.

*El lobo de Wall Street* en versión cutre: *La comadreja de la Gran Vía*.

Oigo el ascensor muy cerca, está llegando. ¿Pasará de largo? No, se para en mi planta. No me atrevo a ir hasta la puerta para ojear por la mirilla quién sale y me quedo quieto, ya que no quiero que me oigan ni respirar. Se abre la puerta del ascensor y se oyen pasos. Los pasos se detienen y suena un tintineo metálico, llaves. Alguien introduce una llave en la cerradura. Pero no en la mía. Abren la otra puerta, la de enfrente. Dios.

Venga, ahora ya está, respira con calma y tranquilízate.

Voy a llamar al trabajo. Soy funcionario y tengo un trabajo de mierda en una oficina, pero, como contrapartida, mucho tiempo libre. Llevo doce años haciendo lo mismo.

Me matriculé en la universidad a los diecinueve años en una basura de carrera. Aunque, ¿cuál no lo es? Duré un año. Al cabo de un año y medio me gradué en cine por la Universidad del Cannabis.

Mi rutina durante ese año y medio fue la siguiente: me levantaba a las diez de la mañana, desayunaba bien porque sabía que mi nivel de glucosa bajaría bruscamente durante las horas siguientes e iba al videoclub. Volvía a casa con dos o tres películas y me hacía un canuto. La primera película la veía bajo el efecto de ese primer porro. Al terminar, me preparaba otro buen desayuno, ya que el hachís había hecho su trabajo, y reflexionaba sobre la peli. No mucho: el horario de la Universidad del Cannabis era muy apretado, y enseguida me liaba otro porro para ponerme con la siguiente.

Así nació mi amor por el cine.

Pero, claro, las posibilidades de encontrar curro con

un título de la Universidad del Cannabis son muy limitadas. La gente tiene muchos prejuicios con este tipo de métodos de enseñanza-aprendizaje. Así que me tuve que buscar la vida de otra forma y acabé en un trabajo que no me gusta, pero que no me mata.

Un trabajo al que tengo que llamar ahora mismo, después bajo a por unas cervezas para calmarme y poder dormir algo, y mañana es otro día. Un desliz, simplemente. Tengo que verlo así para no volverme loco.

Pero suena el móvil otra vez: número oculto.

—¿Hola?

Diez eternos segundos. Nadie habla.

—¿Quién es? —Intento parecer enfadado, cuando lo que realmente estoy es acojonado.

Esta vez pasa más tiempo que en la anterior llamada antes de que cuelguen.

Ahora sí que ya no me puedo tranquilizar. Empiezo a pensar seriamente si estas llamadas tienen algo que ver con la noche pasada. Trato de convencerme de que no, que no puede ser, porque ayer no sucedió nada que pueda explicar esto.

Creo. Tengo que pensar en ello.

Estaba a punto de pagar el sexto vino y retirarme para casa, como en los días anteriores. Era el segundo que me tomaba en una vinoteca cercana, en el centro de Vigo. Me había tomado los tres primeros en una terraza del Casco Vello, y nunca tomaba más de tres en el mismo sitio. Hay que guardar las apariencias, no vayan a pensar que tengo un problema con la bebida.

Pero me encontraba mal, el alcohol no me anestesiaba como otras veces. Después de una semana bebiendo, el efecto ya no es el mismo, y decidí que para doblegar mi cerebro lo mejor sería tomar otro. KO al séptimo vino, y a la lona. Luces apagadas y a dormir. Error.

El séptimo no me mandó a la lona, sino que me envió directamente a pillar coca.

No tenía ni idea de cómo conseguirla. Como nunca he consumido de manera regular, nunca he tenido camello fijo. Pero me las apañaba. Ahora hacía ya demasiado tiempo que estaba desconectado de ese mundo, y además era martes. Si hubiera sido fin de semana, a base de preguntar, tal vez. Pero martes...

Nunca hay que perder la confianza en el adicto cuando se trata de conseguir drogas. Psicología de la motivación. El estímulo es tan poderoso que este pone toda su maquinaria mental a trabajar en la misma dirección. ¿Dónde puede haber droga? ¿Dónde?, ¿dónde?, ¿dónde? Elemental, querido Watson.

Después de tomar el séptimo, me levanté para pagar y le pregunté a la camarera si me podía llevar para casa un periódico local atrasado. *El Faro de Vigo* iba a ser la solución a mis pequeños problemas, y el origen de los grandes.

Recuerdo haber llamado a varios números, con conversaciones similares a esta:

—Llamaba por el anuncio del periódico.

—Bien, cariño, estamos en la calle X.

—Vale. Mira, ¿y sería posible algo de fiesta? —preguntaba yo. Pero ¿quién coño pretendo que me comprenda hablando así?

—¿Fiesta, cariño? No entiendo —contestaban. Claro que no entienden.

—Farla, coca. ¿Sería posible? —iba concretando. Es lo que tiene ser un genio.

—Sí, no hay problema. Puedes traer si quieres —decían al otro lado del teléfono, sin tener todavía del todo claras mis intenciones.

—Nooo, quiero decir, ¿sería posible conseguir ahí?, ¿o sabéis de alguien a quien pueda pillarle? —remataba yo. El mismísimo Al Capone estaría orgulloso de mi forma de resolver la situación.

Hubo varias respuestas negativas y algún cuelgue de teléfono de prostituta ofendida, en plan:

—¿Drogas? ¡Pero adónde crees que estás llamando! Pues a la biblioteca no, joder. Eso seguro.

Y al final se hizo la luz:

—Ven por aquí y a ver.

—Pero ¿es posible, entonces? —intenté asegurarme. Si te lo acaban de decir, capullo. Está bien, está bien. Asegúrate.

—Hablamos cuando vengas.

«Salivar» es una palabra demasiado modesta para describir lo que me pasaba en esos momentos. No sé qué tipo de estímulos, condicionados o incondicionados, estarían actuando en mi cerebro; pero si alguien quisiera continuar el trabajo del jodido Pávlov, ese momento sería un buen punto de partida.

El piso estaba en la calle Urzáiz, a unos diez minutos de mi casa andando, así que no tuve que coger el coche. Al llegar al cajero recordé que al día siguiente trabajaba. Lo olvidé y saqué trescientos euros. Una cuarta parte de lo que mi miserable trabajo me aporta mensualmente. A lo grande. Era hora de dejar la racionalidad a un lado, la comadreja estaba al mando de mi cuerpo.

Cuando llegué, me atendió una mujer entrada en carnes y cierto aire chabacano, que aparentaba unos cuarenta años mal llevados.

—Ven por aquí, cariño. Ahora pasan las chicas —dijo con esa amabilidad forzada que no engañaría ni al más borracho.

—Ya, pero lo que te dije por teléfono... La coca —repliqué. Muy bien, comadreja. Al grano. Al gramo.

—Sí, tengo que llamar al chico. ¿Cuánto querrías? —dijo un poco molesta por mi impaciencia.

—Pues, en principio, un gramo. Pero... ¿Cómo que tienes que llamar al chico? Es que a mí solo me interesa quedarme si hay coca —dije. Por no decirle que de hecho había ido hasta allí solo por eso.

Es más, si hubiera coca en el Museo del Louvre me pillaría un avión al puto París.

—Sí, sí. Ahora lo llamo. Un gramo son sesenta.

—Muy bien —dije entre saliva mientras pensaba: «Como si son ciento sesenta. Tráeme ya la puta cocaína.»

A las chicas que pasaron las recuerdo vagamente. Creo que fueron cuatro o cinco. Fue una situación incómoda aunque llevara siete vinos encima.

No pude evitar acordarme de un capítulo de *The Wire*: en el curso de una investigación, McNulty se hace pasar por cliente en una casa de prostitución de lujo; lleva un micro y sus compañeros están escuchando, preparados para entrar en cuanto el detective dé la señal. El caso es que le ponen a varias bellezas delante y se ve tan abrumado que no sabe a cuál elegir: «*Decisions, decisions.*» Acaba yéndose con dos de las chicas a la habitación.

Pues bien, ya me gustaría, pero esto no tiene nada que ver con aquello. Empieza el desfile:

– Una joven negra con los dientes tan separados que podría pasar entre ellos el jodido Falete.

– Una cuarentona cuyo abdomen haría que más de uno se lo pensara dos veces antes de volver a comer un puto Donuts.

– Una chica, que con suerte tendría dieciocho años, a la que la diosa de la belleza le tenía especial inquina.

Y cuando ya estaba totalmente seguro de que lo único inmoral que iba a hacer en ese piso era pillar cocaína, entró la última chica. Tendría unos veinte años. Después me dijo diecinueve. Era muy guapa, con un rostro de los que hacen que los muertos se revuelvan en sus putas tumbas. Pero lo que más me extrañó fue la normalidad con la que entró en la habitación. Con toda naturalidad, como si no fuera una puta y yo un posible cliente, sino más bien como si nos estuviéramos conociendo en casa de una prima que nos quería presentar desde hacía tiempo. Luego, un poco más tarde, supe que además era una tía con inquietudes; casi al mismo tiempo que te la chupaba, podía hablar de *El Padrino,* de Michael Haneke, de Paul Auster. Era un misterio qué demonios hacía allí e iba a intentar adivinarlo.

Diez minutos después entraba en una habitación con ella y un gramo de coca, después de haber pagado ciento diez euros por ambas cosas. Tenía media hora.

Media hora después estaba muy enamorado, pero aún mucho más colocado.


El sonido del teléfono me sobresalta e interrumpe mis recuerdos de la noche anterior. Espero que esta vez digan algo. Quiero pensar que antes se les cortó la llamada y por eso insisten.

Miro la pantalla y oh, sorpresa: número oculto.

Esta vez, al contestar, no digo nada. Voy a esperar a ver qué pasa. El ibuprofeno se ha cargado al estudiante de acupuntura, pero el señor Te Vas a Joder y sus queridas taquicardias siguen ahí. Los esfuerzos que hago para no volverme loco son monstruosos.

Al otro lado tampoco hablan. El silencio dura unos veinte o treinta segundos, hasta que no puedo más.

—¿Quién es?

Silencio. Ni un suspiro. Ni el leve sonido de la respiración.

—Está bien, voy a llamar a la policía —digo, marcándome un farol.

Tras unos segundos, por fin:

—No creo que te convenga mucho —dice una voz de chica.

—Pero ¿qué coño dices? —Intento parecer firme y seguro cuando estoy menos firme y seguro que un cojo escalando el Everest.

—Tú sabrás lo que hiciste ayer.

No puede ser que me esté pasando esto. Me pellizco. La Sede Oficial de Ansiedad y Angustia está desbordada con el papeleo y empiezo a tener una clara sensación de irrealidad. Suena un pitido de fondo en el móvil. Me estoy quedando sin batería.

—¿A qué te refieres? —pregunto. Vamos, dímelo.

Que me diga a qué viene todo esto antes de que salte por la ventana para cargarme también a Te Vas a Joder.

—Dímelo tú.

Suena el pitido de fondo otra vez. Tengo que enchufar el móvil antes de que se corte la llamada.

—No he hecho nada —acierto a decir mientras busco el cargador.

—Pues... —está diciendo ella cuando el móvil se apaga.

Mierda. Mierda. Mierda.

—¡Mierda!

Pongo el móvil a cargar y lo enciendo cruzando los dedos para que me llamen de nuevo cuanto antes y pueda saber de una vez qué es lo que está pasando.

Me he olvidado del trabajo y, cuando lo pienso, una punzada de dolor incrementa todavía más la angustia. Ya se me ocurrirá algo. Aparco de momento ese tema.

Después de largos minutos sin que me vuelvan a llamar, enciendo el ordenador y busco información sobre si es posible averiguar qué número de teléfono hay detrás de un número oculto. Sí, parece que es posible, aunque no de manera inmediata. Encuentro una página web en la que explican algún truco. Pruebo, pero no funciona.

No me queda más remedio que esperar a que vuelvan a llamar. Entretanto voy a comprobar el registro de llamadas de mi móvil, en busca de alguna pista:

*Llamadas recibidas*
*Ayer*
18.45: de un amigo.
Las siguientes son las de esta mañana, de número oculto.

*Llamadas realizadas*
*Ayer*
20.45: a mi madre.
21.06: al amigo que me había llamado antes.
21.34: a una compañera de trabajo.
Después de estas, que hice mientras me tomaba los vinos, nos ponemos en las once de la noche, hora en la que llegué a mi casa con el periódico.
23.02, 23.07, 23.16 y 23.26: a cuatro números distintos.

Estas cuatro tienen que ser las llamadas a los pisos donde quería conseguir la coca. Para comprobarlo busco el periódico, que está en el suelo con pinta de haber sido leído por al menos el treinta por ciento de la población china. Efectivamente, después de un breve rastreo por la sección de contactos ya he localizado esos cuatro números. Y, por último:

*Hoy*
Entre las 04.02 y las 06.13: nueve llamadas al mismo número. Alucino. Parece que la comadreja nunca se da por vencida.

A medida que voy repasando la noche, disminuye la calidad de mis recuerdos, aunque nunca llegan a desaparecer del todo. Ya que estoy en plan Sherlock Holmes, compruebo si el teléfono aparece en algún anuncio del periódico. No aparece, pero tengo la impresión de que ya sé de quién es.

Me dio su número en la habitación, cuando yo estaba en pleno éxtasis. ¿Cómo se llamaba? No recuerdo su verdadero nombre, si es que llegó a decírmelo. Quedamos en que la llamaría Jane.

Jane.

Jane, como en la canción, pero al revés.

Estos recuerdos todavía no habían venido a visitarme. Aún permanecían dormidos. Tienen suerte, han dormido media hora más que yo.

Un rápido análisis de las llamadas indica que respondió a la primera. Tiene una duración de veinte segundos, pero no consigo recordar nada de lo que nos dijimos. Las ocho siguientes no obtuvieron respuesta.

Fue una locura de noche, un caos, como en todas las recaídas, pero no encuentro en mi memoria nada que pueda explicar estas llamadas con número oculto que estoy recibiendo y ese enigmático: «Tú sabrás lo que hiciste ayer.» Me falta una pieza del puzle.

Cuando escarbo en determinados recuerdos o cuando pienso en que todavía no he dado explicaciones en el trabajo, la angustia va a más. Se me ocurre bajar a comprar algo de alcohol para atenuarla, pero estoy en un estado tan deplorable y con una ansiedad tan apabullante que creo que, nada más salir a plena luz del día y tener que cruzarme con algún ser humano, me voy a desintegrar.

No debería estar en esta situación.

Al cumplir los treinta tomé la decisión de dejarlo todo. Ni una cerveza más. Ni una raya más. No le di un mechón de pelo a Jane, como en la canción, porque Jane aún no existía. Jane empezó a existir ayer.

Llevaba más de quince años bebiendo y drogándome, pero fue el último de esos años el detonante que causó mi determinación de parar. Si siempre se me había ido de las manos, ese año cada borrachera y cada colocón eran más demenciales que los anteriores. Estaba cada vez más enajenado, perdiendo todo atisbo de lucidez.

No fue fácil. Al principio no podía ni ir a comer a un restaurante ni pisar un bar después de media tarde. Todo lo que antes era divertido, comidas familiares, quedar con los amigos, ahora era insufrible. Buena parte de mi vida había sido de mentira. Como la de Truman, pero por otras razones.

Me ayudó el deporte. De hecho, desarrollé una adicción al deporte. Esto puede parecer extraño, pero, como bien supe después, es de manual. Porque aunque dejes de drogarte, o de jugar, o de comer pasteles de chocolate, a no ser que los cambios sean más profundos, a nivel mental, la personalidad adictiva sigue ahí y ya se encarga de tomarla con otra cosa. Y el deporte es una de las más habituales adicciones de repuesto.

Empecé a nadar. Las primeras veces llegaba a duras penas de un lado a otro de la piscina. Cuando se trataba de líquido, yo era mucho mejor bebiéndolo que desplazándome por encima. A los dos meses nadaba un kilómetro seguido cuatro días a la semana. A los cinco meses completaba cinco sesiones de entrenamiento semanales, de entre cuatro y cinco kilómetros cada una.

Y entonces, a los seis meses exactos, con puntualidad kantiana, llegó la primera recaída.

Brutal.

Una semana seguida. Mucho peor que antes de dejarlo. Me destrozó. Me aniquiló. Y, sobre todo, me robó la dignidad. La comadreja estaba hambrienta porque yo la había encerrado durante los últimos seis meses, y cuando salió era más peligrosa que nunca. En su momento me sorprendí con la forma en la que se me fue de las manos, con mi capacidad autodestructiva. No entendía nada. Pero resulta que esto también es de manual.

Algunas imágenes de lo que había pasado esa semana volvieron a mi cabeza durante años.

El teléfono suena de nuevo, y esta vez me alegro. Necesito saber de una vez lo que pasa, sea lo que sea. Por supuesto, número oculto.

—Sí —contesto. Ya no tengo ganas de faroles.

—¿Qué?, ¿has llamado a la policía? Seguro que no, cabrón —dice la misma voz de chica que en la llamada anterior.

—¿Me puedes explicar de qué va esto? Me llamas desde un número oculto, me insultas —digo, intentando mantener la calma, pero estoy muy nervioso. Me estoy cagando, vamos.

—Tú ya sabes de qué va. ¿A que sí? Si no, no estarías hablando conmigo.

—No lo sé. Ayer salí de fiesta, pero no sé de qué me hablas.

—Me vas a explicar lo que ha pasado. ¿Me entiendes? —El tono de su voz es cada vez más violento.

—En serio, no puedo más, ¿a qué te refieres? —digo. Y es verdad, joder. No puedo más.

—Déjate de gilipolleces, ¿dónde está Noa?

—¿Noa?

—No sabes quién es, ¿verdad?

—No.

—¿Sueles llamar nueve veces seguidas a personas que no conoces?

Joder. Jane. Noa es Jane.

—¿Me estás escuchando? —dice.

—Vale. Sé quién es. Pero no tengo ni idea de dónde está.

—Mira, lo que voy a hacer es dejarme de tonterías e ir ahora mismo a la policía. A ver qué te parece eso, grandísimo hijo de perra.

Mi reacción es automática. No creo que llegue a nivel consciente. Quienquiera que urda la respuesta que voy a dar a continuación, lo hace a expensas de mí.

—Vete a la policía o haz lo que te dé la gana. ¡Es más, tranquila, que ya voy yo! ¡No te jode! —grito, y acto seguido cuelgo el teléfono.

Bravo. Muy bien. Qué carácter. Que no venga nadie a tocarte las pelotas. Cojonudo.

El único problema es que ahora te tiemblan todas y cada una de las articulaciones del cuerpo, que no tienes ni idea de qué es lo que está pasando y que acabas de mandar a la mierda a la única persona que te lo podía haber explicado. Pero, nada, tú tranquilo. Has demostrado quién manda aquí.

Lo único que tengo claro en este momento es que necesito beber. Diría más, necesito beber y pillar cocaína, ya que me faltan fuerzas para enfrentarme a esta situación tal como estoy, con este bajonazo. Tengo que deshacerme del señor A Tomar por Culo, dejar que los neurotransmisores de mi cerebro vuelvan a enloquecer. Liberar a la señorita Dopamina de su cautiverio, ese es mi próximo objetivo.

Me voy a preparar para bajar a por una botella de whisky al supermercado. Para ello lo primero que hago es ir al baño y mirarme al espejo. Pero en el espejo ya hay alguien mirándome a mí. Está vestido con mi ropa, pero en su cara destaca una mirada enloquecida. Más que enloquecida, alucinada. Probablemente esté alucinado por lo que está viendo.

Abro el grifo y me lavo. En los orificios de la nariz y en distintos puntos de la cara hay manchas de sangre seca, que desaparecen fácilmente con agua. Pero cada movimiento me cuesta una barbaridad, no por el cansancio, sino por las taquicardias, por esa horrible sensación de que cualquier mínimo esfuerzo va a hacer que se me pare el corazón. Con el pelo lo tengo un poco más difícil, pero con algo de agua, mucha paciencia y los restos de gomina que quedan en él de la noche anterior, consigo hacer un peinado más que correcto dadas las circunstancias.

Como ya estoy vestido, y parece que no hay ninguna mancha seria en la ropa, no me tengo que preocupar por eso. Fuera está lloviendo y supongo que hará demasiado frío como para salir en mangas de camisa, así que voy a ponerme mi gabardina azul.

Pero mi gabardina azul no está, y una ráfaga de nuevos recuerdos golpea mi cabeza.

—Voy a por dinero y vuelvo —dije.

—No, mejor no. No me encuentro bien —contestó Jane, que ahora es Noa.

—Bueno, pues mañana.

Jane asintió con un leve movimiento de cabeza. La verdad es que no tenía buena cara. Habría sido mejor que la hubiera dejado descansar. Pero la comadreja no es tan sensible como yo a determinadas cosas y pierde un poco la perspectiva.

—¿Quieres que nos metamos el último tiro antes de que me vaya? A lo mejor así te recuperas.

Sí, comadreja. Es lo que recomiendan todos los médicos independientemente de cuál sea la causa del malestar. Una raya de coca. Eso, y beber mucha agua.

—No sé, igual me viene bien, ¿no? —contestó Jane.

Claro, cariño, claro. Igual sí.

Preparé un par de buenas rayas en la mesilla de noche. El efecto del alcohol había desaparecido en buena parte y ahora estaba dominado por la coca. El entusiasmo neurológico que me provocaban las rayas duraba cada vez menos tiempo, y cuando se me iba pasando me daban una especie de microbajones, con los que comenzaba a vislumbrar lo que me esperaría cuando por fin me diera el bajón de verdad.

Pero no era algo de lo que debiera preocuparme mientras tuviera coca en el bolsillo.

A Jane no pareció sentarle muy bien la raya. En todo caso, no mejoró. Estaba pálida, y hasta la comadreja se dio cuenta de que lo mejor sería que descansara.

—Me voy, pero quedamos así. Mañana te llamo a tu teléfono, no al de la gorda, y hacemos eso —dije, ofreciéndole la mano para cerrar el trato.

Jane aceptó la mano. Trato cerrado.

—No me crees, ¿verdad? Pues para que confíes en mí te dejo mi gabardina —dije.

Comadreja, vale ya. Deja descansar a la chica.

—No, no, llévatela. Sí, te creo —contestó Jane.

—Que no. Que la dejo aquí. Para que no te olvides de que voy a volver a por ti. Acuérdate de lo que hemos hablado. De la canción. Regresaré a por mi famosa gabardina azul. Lo haré por Leonard Cohen, y sobre todo lo haré por ti. Porque estoy enamorado, porque te quiero.

—Pero yo no estoy enamorada de ti. Ni tú tampoco puedes estarlo de mí.

—Yo sé muy bien lo que siento —dijo la comadreja en pleno apogeo—. Recuerda, me llevo tu mechón de pelo, Jane.

—Estás loco.

—Estoy loco por ti.

No. Estoy loco a secas.

Eran las cinco y media de la mañana cuando salí por última vez de la habitación de Jane. Me había gastado cuatrocientos treinta euros en cuatro horas en:

- Tres gramos de cocaína.
- Tres horas con Jane.

Por tanto, los datos son: en cinco horas me había metido más de dos gramos y medio, después de un año y medio sin probar ni una cerveza.

Resultado: iba muy puesto. Daba miedo verme.

Observaciones: todavía me quedaba en el bolsillo parte del último gramo y, solo con que me quedase la mitad de sensatez que de cocaína, me iría para casa.

Pero no me quedaba. De hecho, yo no tenía ni sensatez ni voz ni voto. En ese momento la comadreja era la única capaz de tomar decisiones.

Y decidió que había que pillar más.

¿Para qué? Para ir a casa y seguir metiéndome.

¿Por qué? Si a estas alturas de la película alguien hace esa pregunta a la comadreja, es que no entiende nada.

Pero los veinte euros que tenía en el bolsillo no llegaban ni para medio gramo más. Llegué a la cocina, donde mi querida amiga Madame La Gorde hacía guardia mientras veía, en un pequeño y viejo televisor, a un hombre de pelo largo comunicar su futuro a personas desesperadas. Le expliqué mi situación pecuniaria y le pedí un poco de colaboración.

—No.

—Venga, pásame medio gramo, no me hagas ir al cajero otra vez. Por diez euros.

Desde la primera vez que había entrado en el piso, con trescientos euros, había ido al cajero dos veces más. En esas idas y venidas la comadreja había entablado varias conversaciones en la cocina con mi amiga la meretriz. De muy buen rollo con la gorda, faltaría más. Ese es uno de los efectos más destacables que produce en mí la coca, que estoy de buen rollito con todo dios. Es una cosa muy exagerada.

¿Que la gorda es una falsa y lo único que quiere es sacarte la pasta?, no hay problema. Tú lo sabes. La comadreja, por supuesto, lo sabe. Pero da igual. Serías capaz de jurarle amistad eterna. Venga ya, serías capaz de comerle el coño.

—Si fuera mía no me importaría, pero el chico no va a aceptar —dijo.

Y una mierda no te importaría.

Y una mierda el chico no va a aceptar.

Si la tenéis aquí. Me estás tomando por un idiota, cuando solo soy un yonqui.

La comadreja hace como que no se entera de las cosas, en aras del buen rollito, pero se entera. Vaya si se entera. Y ahora la comadreja tiene un objetivo más importante, que es pillar más, y sería incluso capaz de prescindir del buen rollo.

—Me he gastado aquí más de cuatrocientos euros. Habéis hecho la noche conmigo. He pillado tres gramos y me habéis dado coca mala y poca cantidad.

—Pues nunca se quejó nadie.

—Ya. Bueno, el tema es que yo tampoco me quiero quejar. Pero estoy cansado y, muy, muy puesto, y no quiero ir otra vez al cajero por diez euros que me faltan. Mañana te los traigo —dijo la lenguaraz comadreja.

—Lo siento, cariño, pero no puede ser. Vete al cajero y después hablamos.

Hija de puta. Está bien. Parece que voy a tener que ir al cajero de nuevo.

En ese momento se oyó un ruido de llaves entrando en una cerradura, y la puerta de la calle abriéndose.

—Es Fredo. Tienes que irte —dijo Madame La Gorde.

—¿Fredo?

Pero ¿de qué estamos hablando?, ¿Fredo? Esto qué es... ¿*El Padrino*?

—Tienes que irte ya. Si te ve aquí en la cocina va a haber problemas.

—Vale, vale, nadie quiere problemas. ¿Es el jefe? Déjame hablar con él. Seguro que lo entiende.

A Madame La Gorde no pareció gustarle la proposición de la incorregiblemente optimista comadreja. Se limitó a poner mala cara y a echarme de la cocina con gestos que podrían definirse como rápidos, teniendo en cuenta que procedían de su orondo cuerpo.

Demasiado tarde: al mismo tiempo que iba a salir por la puerta de la cocina, entraba Fredo.

Fredo era un tipo de menos de metro setenta, y muy delgado. Debía de tener unos treinta años como mucho. No es alguien que te fuera a asustar si te lo encontraras por la calle a plena luz del día. Pero si vas hasta arriba de cocaína, sabes que se llama Fredo, que es el chulo de un piso de putas y que «puede haber problemas si te ve aquí», entonces, cuando te lanza esa mirada asesina, pues un poco sí te acojonas, claro.

—Ya se iba —dijo La Gorde, mirando a Fredo.

Fredo asintió.

La comadreja no se quería ir todavía, y extendió la mano en dirección al hermano tonto de los Corleone.

Fredo. Oh, Fredo.

—Hola, me llamo Rober.

Fredo me miró y asintió. Luego movió su cuerpo y con un gesto muy sutil me invitó a salir cagando hostias.

—Quería comentarte una cosa; eres Fredo, ¿no?

La cara que puso Madame La Gorde cuando me dirigí a él por su nombre merecería una instantánea. Fredo le devolvió una mirada que decía: «¿Cómo sabe mi nombre el idiota este? ¿Por qué está en la cocina todo ciego y me habla? Espera a que nos quedemos solos.»

Después de todo, tal vez Fredo no fuera un personaje de *El Padrino*. Tal vez era un superhéroe que de pequeño había tenido algún tipo de accidente, desarrollando la capacidad de comunicarse sin hablar. No me iba a quedar con la duda, desde luego.

—Mira, no es culpa suya. —Defendí a la gorda.

A continuación la comadreja hizo uso de toda la capacidad de síntesis de la que disponía, que no era mucha, debido a que otro de los efectos que tiene sobre mí la coca es que hace que me repita hasta la saciedad, y adornar cualquier cosa con detalles a todas luces insignificantes, pero de los que yo hablo con pompa y circunstancia.

Lo que me asustaba de Fredo era que resultaba imprevisible, pero eso no me impidió soltar un buen discurso.

Mientras yo hablaba, La Gorde miraba al suelo y Fredo me miraba a mí.

—No sé de qué me hablas. Aquí no se venden drogas —dijo cuando yo me callé. Por lo menos ahora sabía que Fredo hablaba.

—Ya, pero vosotros... —estaba diciendo cuando Fredo me interrumpió.

—Será mejor que te vayas.

—Vale, está bien. Me voy. Pero no es forma de tratar a un cliente. Me he dejado aquí mucha pasta.

Si sus palabras eran claras, su mirada no dejaba lugar a dudas. Además, parecía que su estabilidad mental pendía de un hilo. El cableado de su cerebro podía cortocircuitarse en cualquier momento. O eso me parecía.

—Está bien. Me voy. Aunque hubierais ganado un cliente fijo —mentí.

Pero se me estaba bajando la coca, y una raya para hacer el camino a casa más llevadero me habría venido la mar de bien.

—¿Me puedo hacer un tiro antes de irme?, te invito —le dije a Fredo.

—Que no, joder. Y yo no me meto de esa mierda —dijo, alzando un poco más el tono. A continuación miró a La Gorde, que a su vez seguía mirando el suelo, y añadió—: ¿Qué hace este tipo aquí? ¿Qué hace en la cocina, llamándome por mi nombre y hablándome de droga?

Toda la rabia que contenía estaba empezando a asomar.

—Ya lo estaba echando —dijo La Gorde sin levantar la vista del suelo—. Pero insistió.

Genial. No os cortéis. Seguid hablando de mí, chicos, como si no estuviera.

—Vale. Tranquilo —dije—. Perdón. La culpa es mía. Estoy muy puesto, me he metido mucho, y ya no sé ni lo que hago.

Bien, comadreja. Algo sensato.

Pareció que se tranquilizaba, y me volvió a enseñar la salida con un ligerísimo movimiento de mandíbula.

Pero, comadreja... ¿Qué vas a decir ahora? No, no. Déjalo así.

—Mirad, he cambiado de idea. Estoy pensando que voy a ir al cajero y me vengo. Por lo menos, una hora. La chica no se encuentra muy bien, así que me quedo con ella.

—¿De qué habla?, ¿con qué chica ha estado? —preguntó Fredo.

Claro, ahora recuerdo: Madame La Gorde dijo su nombre.

—Con Noa. Al salir me ha dicho que ella se encuentra mal. Está en la habitación todavía.

—Pues eso, que me voy al cajero —dije—. Saco pasta para una hora y un gramo más y la vengo a cuidar.

La rabia que antes asomaba, en ese momento se desbordó. No parecía posible que tal tsunami saliera de un cuerpo tan pequeño. Fredo se puso a gritar y sus movimientos eran tan rápidos y cambiantes que me daba la impresión de ser una marioneta. Una marioneta manejada por alguien al menos tan puesto como yo.

—¿A cuidar a quién? Tú no vas a cuidar a nadie. ¡Aquí ninguna zorra necesita que tú la cuides! Pero

¿dónde te has creído que estás? ¡Te vas a largar ahora mismo y no vuelves! ¡¿Lo entiendes?! —gritó mientras golpeaba la mesa.

Sin darme tiempo a responder, agarró del brazo a Madame La Gorde con mucha fuerza y le dijo:

—Saca a este tipo de aquí, ya.

El recuerdo de mi conversación con Fredo supone una nueva avalancha de trabajo duro para la Sede Oficial de Ansiedad y Angustia. Una mano se introduce en mi cuerpo, me agarra el estómago y lo retuerce hasta que estoy a punto de caer al suelo.

Después de ese aciago encuentro volví a casa y me metí lo que me quedaba. Cuando se acabó, y el bajón venía con fuerza, me trinqué la media botella de whisky que tenía, para intentar suavizarlo. Y algo conseguí: dormir una hora.

Ahora sé por qué no está mi gabardina azul. Se quedó en la habitación de Jane, antes de todo este lío con Fredo. Creo que recuerdo todo lo que sucedió ayer, aunque de manera distorsionada, y nada justifica esas llamadas que estoy recibiendo. Me sigue faltando una pieza del puzle, que probablemente se haya perdido junto a millones de neuronas.

Pero estoy saturado, y con gabardina azul o sin ella voy a bajar a comprar algo de alcohol.

O no.

Porque suena el teléfono otra vez.

Y esta vez no es un número oculto. Esta vez es...
Joder.

Si no me equivoco es el número de las nueve llamadas. Es el número de Jane. Antes siquiera de darme tiempo a ponerme más nervioso, contesto.

—Sí, ¿eres Jane?

—¿Jane? —contesta una voz que se parece misteriosamente a la de las llamadas anteriores.

—Jane... Noa. ¿Eres tú?

—No. No soy Noa.

—Ya. Eres tú de nuevo. La del número oculto.

—Sí. Vamos a hablar con calma esta vez, ¿de acuerdo? —dice ella.

De acuerdo. No podría estar más de acuerdo. Estoy a punto de redactar un jodido contrato y enviárselo por WhatsApp.

—Pero estás llamando desde el teléfono de Noa —digo.

—Sí.

—¿Dónde está ella? —pregunto.

—No lo sé. Pensé que tú lo sabrías.

—Pues no. ¿Me puedes explicar qué está pasando? —digo cruzando los dedos, aunque imagino que no va a ser tan fácil.

—Creo que lo sabes mejor que yo.

—Te lo dije antes: no tengo ni idea de dónde está. No sé por qué me llamas a mí. Si quieres te explico todo lo que pasó ayer.

—Mejor hablamos en persona.

—¿Por qué no puedes decírmelo por teléfono?

—No me fío de ti. Quiero hablar cara a cara. Es la última vez que llamo. Tienes dos opciones: o nos vemos y me lo explicas o voy a la policía. Tú decides.

Dos opciones. La opción *a* parece un poco suicida, pero al menos sabré lo que está pasando. La opción *b* significa alargar la agonía, y esperar que la próxima llamada sea de la policía aunque no sé muy bien por qué. La paciencia no es mi principal virtud, y menos ahora. No puedo más. Por tanto, elijo la *a*.

—¿Si quedamos me vas a explicar todo o vas a seguir con misterios? —pregunto.

—Todo.

—Está bien. Dime un sitio.

—Te voy a dar una dirección. Aunque seguro que ya la conoces.

Claro que conozco la dirección. Solo hace unas horas que estuve allí.

—No pienso ir. Ayer me dejaron muy claro que no volviera.

—¿Quién?

—Fredo.

—No hay nadie. Te lo aseguro. El piso está vacío.

—No lo estaba hace unas horas.

—Ahora sí.

—Ya, pero podrían volver en cualquier momento.

—¿Qué parte no entiendes? El piso está vacío. Se lo han llevado todo.

Después de un tira y afloja con Voz Misteriosa, accedo a encontrarme con ella allí. Si lo pienso con algo de calma me voy a echar para atrás, así que decido no pensar. No tiene por qué pasarme nada, y necesito acabar con esta pesadilla de una vez por todas.

Salir a la calle es tan terrible como me había imaginado. Si al menos fuera de noche..., pero esta luz tenebrosa no permite ocultarse. Cuando alguien se acerca, es decir, cuando está a menos de dos kilómetros, tengo que mirar al suelo, y aun así siento que todo el mundo me observa. No puedo mirar a nadie a la cara. Intento convencerme de que no es real, de que es una paranoia fruto de la cocaína. Al fin y al cabo, la cantidad que me he metido en unas horas es suficiente para explicar esta sensación. Es más, sería suficiente para explicar mi presencia en el depósito de cadáveres. Para una persona no habituada, tres gramos puede ser una dosis letal.

Mi teoría es que estoy vivo por dos razones fundamentales.

La primera es que, aparte de que los gramos no llegan a ser gramos, probablemente solo el diez o el veinte por ciento de lo que me he metido sea coca, el resto será paracetamol y sabe dios qué más. Así que por un lado sería injusto no mostrarse agradecido a los distintos intermediarios por los que ha pasado la droga, y que han aportado su granito de arena, o de ibuprofeno, o de aspirina, o de talco, o de cualquier otra sustancia para que la droga llegase a su destino con una calidad muy baja.

Gracias, señores camellos, por estafarme.

La segunda es que el entrenamiento de natación me ha permitido tener un corazón fuerte, más preparado, tanto para afrontar las pruebas de larga distancia en aguas abiertas como para afrontar las rayas de larga distancia en narices cerradas.

Desde mis primeros escarceos en la piscina, han sido varios años de entrenamiento. Este último año he llegado a nadar veinte kilómetros a la semana. Físicamente estaba mejor que nunca. Mi cuerpo había ido cambiando y no quedaba rastro de grasa.

Sentí que lo había conseguido. Había dejado atrás el alcohol, las drogas y todos mis demonios, y me había transformado.

Se ve que no.

Llego al portal del piso franco sumido en estos pensamientos. Intento motivarme, diciéndome que he salido de agujeros más profundos. Soy el puto Ave Fénix. Después de rociarme con alcohol y haberme prendido fuego, he conseguido renacer de mis viciadas cenizas.

No funciona.

Me tiembla todo.

Llamo al portero automático y me abren sin contestar.

El edificio no tiene ascensor, así que subo los tres pisos a pie, y noto que se me va la vida. Si viene un anciano de noventa años con cáncer de pulmón y me sopla, seguro que me derrumbaré por las escaleras. No podré aguantar el impacto.

La puerta del piso está simplemente entreabierta. Me

acerco y veo que la cerradura ha sido forzada a lo bestia. Estoy paralizado.

Apoyo la mano para empujar la puerta muy despacio, pero no soy capaz. Me voy a ir, me quedo con la opción *b*.

Que llamen a la policía.

Yo me piro.

Demasiado tarde para la opción *b*. Algo viene por la espalda hacia mí, y, antes de que pueda reaccionar, noto el frío y afilado metal apoyarse en mi cuello.

—Como hagas algo, gilipollas, te atravieso la garganta y te saco el cuchillo por un ojo —asegura Voz Misteriosa.

No hago nada. Claro.

—Entra en el piso. Muy despacio —dice.

Entro en el piso. Muy despacio. El cuchillo no se despega ni un milímetro. Una gota, supongo que de sangre, resbala por mi cuello.

Voz Misteriosa me agarra del pelo, me tira de la cabeza con fuerza hacia atrás, me empuja contra la pared y hace un poco más de fuerza con el cuchillo.

Varias gotas más hacen compañía a Gota Solitaria. Me duele, pero tengo miedo hasta de quejarme. Solo hago un pequeño ruido para soltar dolor.

—Ahora me vas a contar qué pasó ayer.

Y se lo cuento, en líneas generales. Le explico que llegué al piso a pillar droga, que me quedé con Noa varias horas, que se encontró mal y que me fui después de un pequeño encontronazo con Fredo. Además le digo que, por cierto, no quiero ser alarmista, pero si aparece por aquí la cosa se va a complicar todavía más.

—No va a venir. El piso está vacío. Cuando he llegado nadie ha contestado y he tenido que entrar a la fuerza —dice.

—¿Por qué tienes el móvil de Noa? —pregunto.

—Lo he encontrado debajo de la almohada. Es lo único que queda en el piso. Como si nadie hubiera estado aquí.

Todo es muy raro. Me cuesta entender lo que está pasando. Hace unas pocas horas el piso estaba lleno de putas y sus correspondientes superiores en la jerarquía burdeliana.

—¿Ni ropa ni nada?

—Nada. Todo vacío.

—¿Quién eres?

—Noa es mi hermana y he venido a llevármela a casa —dice, y suelta el cuchillo.

# SEGUNDA PARTE

*Sí, y Jane vino con un mechón de tu pelo.*
*Me dijo que tú se lo habías dado*
*la noche en que decidiste desintoxicarte.*
*¿Llegaste a hacerlo?*

LEONARD COHEN,
*Famous Blue Raincoat*

Cuando entré en la habitación con Noa lo primero que hice fue prepararme un buen tiro en la mesilla de noche y preguntarle si quería otro.

Quería. Pero menos.

Hasta a ella, que resulta que llevaba varios años consumiendo a diario, le parecían una barbaridad las rayas que yo me hacía.

Charlamos un poco de drogas y le expliqué que llevaba un año y medio sin probar ni una gota de alcohol. No sé si se lo creyó.

Ya estaba puesto. Qué placer esa primera raya que me pone súper a tono.

—Hace poco el mejor actor de los últimos años murió de sobredosis. ¿Sabes de quién te hablo? —dije.

—Me imagino a quién te refieres. Pero no era el mejor.

—Venga ya. No lo sabes. Lo peor de todo es que mucha gente ni lo conoce. Y tú, tan joven, con...

—Diecinueve.

—Diecinueve años.

—¿Philip Seymour Hoffman? —preguntó.

Pues lo sabía. Empecé a hablar con ella de cine y resultó que sabía más que la mayoría de personas con las que he tratado en toda mi vida. Me dijo que su director favorito era Michael Haneke. Eso ya sobrepasaba los límites. Empecé a preguntarme si no me habrían puesto LSD en la cocaína. Una puta de diecinueve años y su director preferido era Michael Haneke. ¿A qué estábamos jugando?

—Sobre todo, *La cinta blanca*. ¿Sabes cuál es? —preguntó.

Sé cuál es, y no me lo podía creer. Eso era acojonante. *La cinta blanca*, que es una película tan densa que hace parecer divertido a Terrence Malick.

—Alucino contigo. Aunque a mí me parece un ladrillo, tuvo muy buena crítica y creo que ganó el Oscar.

—También me gusta mucho Lars von Trier.

—No jodas.

Estaba claro que nuestros gustos diferían. Enseguida, las siguientes rayas me impulsaron a soltar mi perorata habitual sobre la cultura popular americana.

Eso sí, no podía negarle a la chica la inteligencia y el talento de tipos como Haneke y Von Trier, aunque algunas de sus películas sean un coñazo. Por lo menos no se declaraba fanática del cine oriental. Sentencié:

—Me quedo con Clint Eastwood. Es el más grande.

Y ahí me encontraba yo, gastándome un pastizal para hablar de cine, y cada vez iba más puesto. Pasó media hora antes de darme cuenta, y pagué otra media, que pasó aún más rápido. Alguien pulsaba el botón de aceleración.

Para cuando se cumplió la hora, estaba muy enamorado. Si era yo o era la comadreja el propietario de esos sentimientos, habría que verlo.

Decidí ir a por más dinero, no sin antes asegurarme de que la chica me iba a esperar y no se iría con ningún otro cliente. Los capullos que vinieran tendrían que conformarse con Dientes Separados y las demás joyas de la corona.

Con toda esa charla me había olvidado de lo buena que estaba Noa, y de por qué yo me hallaba en aquella habitación. Me había dejado llevar. Así que cuando volvía al piso preparado para mi segunda incursión en el campo de batalla me dije a mí mismo que esa vez tenía que hablar menos y follar más. Estaba muy excitado.

Después de una breve visita a la mesilla de noche para rellenar el depósito, le expuse a Noa cuál era el siguiente punto en el orden del día.

Sexo.

Tenía una piel perfecta, morena y suave. Estaba en la cama, medio tumbada con las rodillas dobladas y la falda le subía casi hasta la entrepierna. Me entretuve un par de minutos contemplando sus piernas, y los pies, delgados y pequeños, ligeramente en tensión. Recordé la escena de *Pulp Fiction* en la que Vincent Vega y Jules tienen una charla sobre la trascendencia de darle un masaje en los pies a la mujer de otro, discuten sobre su significado sexual. Para Jules no lo tiene. Estoy con Vincent. Sin duda. Dios, quería tocar esos pies, quería comerme esos pies.

Acaricié uno de ellos muy suavemente con la yema de los dedos y subí muy despacio por la pierna. Cuando llegué a la rodilla, la mano luchó por hacerse un hueco entre los dos muslos y seguir subiendo. Noa ayudó lo justo separando unos milímetros las piernas. Llegué al final del recorrido y levanté sus bragas con un dedo. Lo suficiente para notar la caliente humedad que esperaba en la puerta del abismo.

Me pareció que ella también estaba excitada, con sus enormes ojos verdes entreabiertos, y sus carnosos labios apretados. Acerqué mi boca a la suya y nuestros labios se rozaron. Intenté besarla.

—Lo siento. Eso no —dijo ella.

—¿No me vas a besar?

—Nunca lo hago.

Joder. Qué corte de rollo.

Mis esfuerzos por intentar convencerla fueron en vano, y lo intenté hasta que se estaba acabando la hora.

No era nada personal, decía. Nunca besaba en el trabajo, y no iba a hacer una excepción.

En los últimos minutos de la hora, me di por vencido, y dejé que me la chupara; estaba bien, pero no me empalmaba del todo. Sentía placer, y sobre todo cuando miraba su cuerpo me venían ráfagas de excitación, pero no eran constantes. Por obra y gracia de la cocaína. Lo que necesitaba era una buena raya.

Raya que me metí justo antes de ir por última vez a por dinero.

Una muy buena raya. Grande. Grande.

Cuando entré por tercera y última vez en su habitación, los dos estábamos muy colocados, pero yo bastante más. Ella, además de estar habituada, no se había metido con la misma frecuencia, y sus rayas eran siempre más pequeñas. Aun así, la pequeña Noa tenía un buen colocón.

Entré con mi gabardina azul mojada.

—¿Llueve? —preguntó.

—Mucho. Menos mal que tengo mi famoso chubasquero azul.

—¿Famoso?

—Famoso y gastado en los hombros, como en la canción de Leonard Cohen.

—¿Qué canción?

—La Canción: *Famous Blue Raincoat*. Un prodigio de sensibilidad, una letra increíble. Se me pone la piel de gallina solo de pensar en ella. —La comadreja empezaba a ponerse trascendente—. Por cierto, ¿qué hora es? —dije.

—Las cuatro.

—Las cuatro. Diciembre. Esto es una señal. ¿Puedo buscar la canción en el ordenador?

—Sí, claro.

Cuando sonaron los primeros acordes algo sucedió, de eso estoy seguro.

Sea por las razones que fuera, ya no estábamos en el

mismo sitio. Mil veces había escuchado esa canción, mil veces había llorado y me había transportado a ese lugar al que te llevan las grandes canciones. Pero eso era distinto. Esa sensación era algo nuevo, porque no estábamos en este mundo.

La realidad era otra.

Y en esa realidad cogí las manos de Noa y la ayudé a levantarse. Ella se acercó a mí. Nuestros cuerpos se apretaron y la sentí como nunca había sentido a nadie. Apoyó su cabeza en mi hombro, rozando mi cuello con su cara, y bailamos. Bailamos muy despacio, mientras Cohen perdonaba a su hermano y asesino.

Sus labios se desplazaron desde mi cuello hasta mis labios, y en esa realidad sí me besó. Sentir su lengua dentro de mi boca casi me hizo perder la consciencia.

Fueron cinco minutos. Cinco minutos con su lengua dentro. Cinco minutos fuera de este mundo.

En cuanto la canción terminó, Noa empezó a encontrarse un poco mal.

—Siéntate y bebe un poco de agua, a ver si se te pasa —le dije.

—No es nada, solo estoy un poco mareada. Me ha gustado la canción.

—Claro que te ha gustado. Es hermosa.

—¿Qué dice la letra?

—Es una carta que le escribe a un antiguo amigo, que tuvo una aventura con su mujer, y ahora está lejos. Le dice que lo perdona y lo echa de menos.

—Tierno.

—Y hay una estrofa que dice: «Y Jane volvió con un mechón de tu pelo. Dijo que tú se lo diste, la noche que decidiste desintoxicarte.» Bueno, esa es la traducción que a mí me gusta, aunque hay discusión al respecto sobre lo que significa *«you planned to go clear»*. Parece que puede ser algo relacionado con la Cienciología.

—¿La secta?

—Sí. Estuvo metido en eso. Pero a mí me gusta más la otra traducción. Y eso es lo que significa para mí. Porque yo también decidí desintoxicarme una noche, aunque se ve que no ha funcionado del todo. Cohen pregunta después a su amigo: *«Did you ever go clear?»* Pues más o menos, Leonard, más o menos.

—Yo también quiero dejar las drogas —dijo Noa.

—Pues déjalas. Las dejaremos juntos. Dame un mechón de tu pelo.

—¿Un mechón?

—Sí, como en la canción. Aunque ahora será al revés: tú serás Jane, y yo seré el que vuelva con un mechón de tu pelo, que me diste el día que decidiste desintoxicarte.

A partir de ese momento, Noa se llamó Jane, y Jane se arrancó un mechón que yo guardé en el bolsillo de mi camisa. No se encontraba bien. Estaba un poco pálida.

Me dio su número de teléfono y quedamos en que la llamaría hoy. Ella me diría a qué hora podría salir del piso para encontrarse conmigo. Estaba allí de manera voluntaria y nadie podría obligarla a quedarse, pero de todas formas prefería hacerlo discretamente, sin dar explicaciones.

Después de esto, conocí a Fredo.

Voz Misteriosa escucha atentamente toda la historia y cuando acabo, pregunta:

—¿De verdad te dijo que quería dejar las drogas?

—Estaba convencida. Te doy mi palabra.

—¿Por qué habrán vaciado el piso? —dice como para sí misma.

Buena pregunta. No tengo ni la más remota idea.

—Tengo que encontrarla —dice mientras se da la vuelta.

—Espera.

Gira la cabeza y me mira.

—Me dijiste que me ibas a explicar lo que pasaba.

Y me lo explica. Con todo lujo de detalles.

Noa tiene diecinueve años y es la mayor de las dos hermanas. Voz Misteriosa tiene diecisiete desde hace un mes, y se llama Silvia.

Desde que era pequeña, Noa siempre fue la hermana responsable e inteligente, con incesante curiosidad por todo lo que la rodeaba. Nunca tuvo verdaderas amigas, pero su tranquilidad y saber estar le permitieron adaptarse a los distintos entornos sin grandes sufrimientos.

Cuando era adolescente, Noa, en vez de salir de noche, se quedaba en casa a ver películas extrañas y a leer libros muy gordos. Silvia pensaba que su hermana era un bicho raro, la avergonzaba, e hizo todo lo posible para que su comportamiento fuera distinto al de Noa. Lo consiguió. Con creces. Fiestas, sexo, alcohol y drogas fueron una constante en la vida de Silvia desde los trece años.

Pero la inmaculada Noa tenía un problema que aparecía cada cierto tiempo: cuando se enamoraba, lo hacía de una manera brutalmente obsesiva. Algo pasaba en su maquinaria mental, porque toda la inteligencia que mostraba para otras cosas se volvía en su contra cuando se trataba de «amor». En esos momentos, su atención se centraba en el objeto de su pasión romántica hasta tal punto que todo lo demás desaparecía. Esa sensación que todo el mundo experimenta, en mayor o menor medida, para ella era algo patológico, algo absoluto.

Siempre se enamoraba de chicos de una belleza excesiva. Silvia no recuerda que ninguno pudiera identificarse con el simple calificativo de «guapo». Llamaba la atención la pureza de su presencia física. Según Silvia, no era algo que Noa buscara, ni que a nivel consciente fuera importante para ella. Pero así funcionaba siempre.

Por otra parte, salvo un chico por el que Noa perdió rápidamente el interés, todos la trataban bastante mal. El rango de actitudes que solían tener hacia ella iba desde la más absoluta indiferencia hasta los malos tratos físicos, pasando por múltiples infidelidades, menosprecios y humillaciones varias. Y Noa seguía enamorada de ellos, hasta que, o bien la dejaban, cosa que no solía ocurrir, o bien el sufrimiento se hacía tan insoportable que tenía que quedarse en casa una buena temporada previo paso por el loquero. Con un mes encerrada, solía mejorar.

Un par de años atrás, Silvia conoció a una chica y trabó amistad con ella. Belén rondaba la treintena, y Silvia enseguida se sintió a gusto en su compañía. La trataba muy bien, salían de fiesta, le presentaba a sus amigos, la invitaban a copas; y Silvia se sentía adulta, tenía esa liberadora sensación de pertenencia a algo. Dejó de andar con sus amigos de siempre.

Una noche convenció a Noa de que saliera con ellos, que seguro que lo pasaba bien: «Es gente mayor, interesante.»

Noa accedió, no de muy buena gana.

Y esa misma noche se enamoró de Rafa. El tipo tenía pelo castaño y ojos verdes, y podría pasar perfectamente por un actor de Hollywood. Noa decía que tenía un aire al Kevin Costner de *Los intocables de Eliot Ness.*

A Silvia no le pareció mala idea que su hermana saliera con él. Conocía a Rafa desde hacía unas semanas, y le parecía un buen tipo. Eso sí, le dijo a su hermana que fuera con cuidado, como si eso fuera posible.

Rafa esnifaba cocaína todos los días y, aunque Noa al principio la rechazaba, él insistía, y ella empezó a drogarse para complacerlo. No había probado ningún tipo de droga en toda su vida, si acaso alguna cerveza de vez en cuando. Y resultó que la personalidad adictiva que mostraba cuando se enamoraba era extrapolable al consumo de drogas. En una semana estaba enganchada.

Problema: la cocaína es cara y Noa no tenía ningún tipo de ingresos.

Solución: Rafa resultó tener contactos en el mundo del narcotráfico y de la prostitución, además de una mentalidad muy abierta que le permitía ofrecer a otros hombres acostarse con su novia a cambio de dinero.

Dinero para los dos, claro.

Al cincuenta por ciento.

Porque cada uno de los dos hacía el cincuenta por ciento del trabajo. Rafa conseguía a los clientes, y Noa se los follaba.

Noa se negó al principio, pero esa negativa duró dos días. Si no aceptaba iba a perder a Rafa, y no podría drogarse más. Cualquiera de esas razones por sí sola ya habría bastado.

Nadie sabía en realidad cómo había encajado Noa todo aquello, ya que nunca decía nada. Si antes hablaba poco, ahora menos. El tiempo que no estaba con Rafa o con algún cliente, lo pasaba encerrada en su habitación leyendo libros.

Al principio los encuentros preparados eran esporádicos, con varios clientes fijos, pero la cocaína no es una droga barata y la prostitución que Rafa gestionaba no era de altos vuelos. Así que durante el siguiente año la cosa fue a más.

Más clientes. Más dinero. Más cocaína.

Silvia tardó en enterarse de lo que hacía su hermana, y cuando lo supo trató de hablar con ella, pero Noa no atendía a razones. Decidió no decir nada a sus padres, ya que sabía que ellos tampoco podían controlarla, y la noticia los mataría.

Hasta que la situación estalló por los aires.

Noa atendía a los clientes a domicilio: bien en sus casas, o bien en hoteles, para los casados. Después de un tiempo, ya habían establecido una red más o menos fija, y la mayoría eran habituales. Una noche, en la que iba a visitar a uno nuevo, Rafa le dijo que lo cuidara bien, que al parecer tenía mucha pasta y era un tío muy educado, pero con alguna peculiaridad física. No le dijo cuál.

Según Noa le contó a Silvia, aquella era la casa más lujosa que había visto nunca. Una auténtica mansión.

Le abrió la puerta una empleada, de uniforme, que muy amablemente le pidió que la acompañara y la condujo por el interior de la casa. A Noa le resultaba todo muy extraño, comenzó a ponerse algo nerviosa.

—¿Adónde vamos? —preguntó.

—A la habitación del señor Montes.

—Me han dicho —dijo Noa— que el señor Montes es... diferente.

—¿Diferente? —dijo la asistenta, deteniéndose en seco.

Noa dudó, pero no soportaba más la incertidumbre.

—Me dijeron que tenía alguna peculiaridad física.

La chica sonrió.

—¿Peculiaridad? Sí, supongo que es una peculiaridad. Pero no se preocupe, es un hombre amable y atractivo.

Se pararon delante de una puerta.

—Es aquí —dijo mientras la abría.

La habitación era enorme, y parecía sacada de otra época, con una solemne cama en el centro.

La asistenta salió y cerró la puerta.

—Ven —dijo una voz que procedía de la cama.

Noa dio un par de pasos y asomó la cabeza. En efecto, allí estaba el hombre, con la cabeza apoyada en la almohada y los brazos asomados fuera de la colcha.

—Noa, ¿verdad? —dijo.

—Sí. Hola, usted es...

—Soy Rogelio Montes. Pero acércate, por favor.

Noa se acercó, y a medida que lo hacía pudo comprobar que era cierto lo que la asistenta le había dicho: aunque era un hombre mayor, su rostro lucía un aspecto sano, con una barba blanca muy bien recortada. Era un hombre guapo.

Al lado de la cama, Noa vio una silla de ruedas.

—Preferí que no supieras lo que me pasa, por si te asustabas y decidías no venir. De todas formas, esa es una decisión que aún puedes tomar.

A Noa todo aquello le parecía una exageración. Por la silla de ruedas dedujo que debía de ser paralítico. No era para tanto.

Siempre le causaba un terrible dolor follar con desconocidos, pero no creía que fuera peor hacerlo con un paralítico.

—No hay problema —contestó Noa.

—Espera —dijo el hombre, levantando una mano.

Agarró la colcha y destapó la pequeña parte de su cuerpo que estaba cubierta.

Noa le contó a Silvia que hizo lo posible para disimular la repulsión que sintió. El hombre se acababa debajo de la ingle. Llevaba puestos unos calzoncillos rojos de los que salían dos desagradables protuberancias.

Se quedó e intentó que no se le notara la repugnancia que le producían aquellos dos muñones. Se concentró en no mirarlos, en no rozarlos, y consiguió hacer el trabajo sin que fuera mucho peor que otras veces. Pero cuando pensó que ya habían acabado, el hombre, un poco azorado, le pidió que se los lamiera.

—Pero... —dijo Noa.

—Te dan asco, ¿verdad?

—No, no es eso. Es que...

El hombre se lo suplicó, le dijo que se había sentido muy a gusto con ella, como nunca, que significaba mucho para él saber que no le producía asco, que lo aceptaba tal como era.

Noa se puso muy nerviosa. No podía hacerlo, aunque quisiera ayudar a aquel hombre, era totalmente incapaz. En cuanto pusiera su lengua en uno de aquellos bultos, probablemente vomitaría, y eso sería un desastre.

Dijo que tenía prisa y se fue.

Rogelio Montes volvió a requerir los servicios de Noa al día siguiente. Pero ella no iba a volver a aquella casa, y Rafa tampoco insistió mucho. El hombre siguió perseverando cada día, hasta que le aseguraron que ella no iba a volver.

Un día, Noa llegó a casa y se encontró a Rogelio Montes en el salón hablando con sus padres, que parecían conmocionados. Se lo había contado todo, y les había jurado que estaba enamorado de su hija, quería casarse con ella, sacarla de esa vida. Ese mismo día cogió sus cosas y se fue de casa.

Rafa y Noa decidieron largarse de Madrid. Rafa tenía contactos en Vigo, allí era adonde se dirigirían. Unos días antes de irse, Noa habló con su hermana para decírselo.

Silvia trató de persuadirla por todos los medios, pero fue imposible. Le dijo que en ese caso iría ella también a Vigo, pero Silvia era menor de edad, y los padres podrían impedirlo. Habló con ellos. Los convenció de que la dejaran marcharse. Les dijo que tenía un plan y que sería la única forma de conseguir que Noa volviera. De lo contrario, los avisó, la próxima vez que la vieran sería en su funeral. Agotados y sin fuerzas, aceptaron.

Unos meses después, Noa y Silvia ofrecían sus servicios en un piso de Vigo, formando parte del escalafón más bajo de una pequeña red de narcotráfico y prostitución que operaba en la ciudad. Silvia intentó por todos los medios sacar a Noa de allí, culpándola de que su hermana pequeña estuviera prostituyéndose. Eso deprimía y hundía a Noa en un profundo agujero, pero la fuerza que la obligaba a estar en ese lugar no cedía ni por esas.

Un buen día, Rafa le dijo a Noa que se tenía que ir una temporada. La policía lo estaba vigilando, al parecer, pero volvería. Tendría que esperarlo.

En esos momentos, Silvia redobló sus esfuerzos, pero

fue entonces cuando supo definitivamente que sería imposible.

Noa se iba a quedar. Hasta que Rafa volviera. Tardara lo que tardara.

Silvia no podía soportar acostarse con un tipo más, así que regresó a Madrid. Ni ella ni sus padres volvieron a saber nada de Noa.

Hacía un mes que la madre de Noa había comenzado a vomitar todas las mañanas. Dejó de comer, adelgazó trece kilos en dos semanas. Le costaba caminar y su piel se estaba volviendo amarilla.

Normal, pensaban quienes conocían su aflicción. Ver a una hija como Noa acabar así..., eso destrozaría a cualquiera.

El médico le diagnosticó cáncer de páncreas; le quedaban dos meses de vida. No, era mejor que no recibiera tratamiento. Solo serviría para destrozarla más de lo que ya estaba.

La madre, cuando oyó la noticia, permaneció en silencio mirando al suelo. Luego se dirigió a su marido, que estaba bañado en lágrimas, y le dijo:

—No llores. Solo haz que vuelva mi niña.

Silvia llamó a Noa. El golpe fue duro, se sentía muy culpable, pero no iba a volver. Su familia estaría mejor sin ella.

Silvia intentó convencerla de todas las formas posibles, razonando, gritando, llorando. Nada sirvió. Decidió ir a Vigo a buscarla.

Y cuando hoy ha llegado al piso, lo ha encontrado totalmente vacío, a excepción del teléfono móvil de Noa. Un teléfono que ha recibido las nueve últimas llamadas esta madrugada. Las nueve desde el mismo número.

Observo a Silvia mientras me cuenta toda la historia, tratando de decidir si estoy delante de una niña o de una mujer, pues parece una mezcla de ambas cosas. Su rostro indica que es una niña, pero esa energía que desprende, esa mirada tan viva, que parece imponerse sobre todo lo que la rodea, la dotan de una fuerza imponente.

Con el pelo rubio y facciones angulosas, más afiladas todavía debido a su delgadez, Silvia no es ni mucho menos tan guapa como su hermana, pero tiene atractivo, un atractivo que crece cuando la oyes hablar y la ves moverse.

—Siento lo de tu madre —le digo.

Ella hace un gesto indicando que no quiere tocar el tema.

—Después de todo, quizá deberíamos llamar a la policía —le aconsejo.

—¿Para qué? ¿Qué ha pasado que les podamos decir? No sabemos nada.

Tiene razón. ¿Qué les decimos?: «Señor agente, resulta que estaba yo ayer todo puesto en este piso lleno de putas, una de las cuales, por cierto, es la hermana de esta chica, y hoy ya no hay nadie. ¿Podría ayudarnos a resolver el enigma?»

—Además, debemos andar con cuidado. No tenemos nada que ganar yendo a la policía. Esa gente puede ser peligrosa.

Cierto. Vale. De momento, vamos a dejar que la chica piense y tome decisiones. Parece que lo hace mejor que yo.

—Dime qué quieres hacer —digo.

—Hay otro piso. Puede que hayan ido allí.

—¿Otro piso?

—Sí, con más chicas. A veces nos cambiaban de un piso a otro.

—¿Estará mi amigo Fredo por allí?

—Fredo va y viene. Aparece de vez en cuando por cualquiera de los dos pisos, pero no suele quedarse mucho tiempo. El encargado es Horacio.

Encargado. Supongo que entonces Madame La Gorde podría considerarse la encargada de este piso. Silvia me lo confirma, además de informarme de que Rosana es su verdadero nombre. No me interesa. Le queda mucho mejor Madame La Gorde.

—¿Y qué tal es ese Horacio?

—Horacio es buena gente. De todos ellos, es la única persona en la que se puede confiar. Es argentino. Últimamente está débil. Lleva unos meses con quimioterapia. Lo llamé cuando supe lo de mi madre, para que intentara convencer a Noa. Lo hizo, pero evidentemente no consiguió nada.

—¿Y se supone que Fredo es el jefazo?

—¿Fredo? No. Fredo es un capullo histérico, pero me quedaría bastante más tranquila si él estuviera al mando. El jefe es Jonás, uno de los hijos del Rey de los Gitanos.

—No sabía que los gitanos tuvieran rey.

—Nunca he visto a Jonás, pero he oído historias acerca de su brutalidad. Dicen que es una mala bestia, un tipo enorme, obeso y siempre sucio. Las chicas veteranas cuentan que antes solía ir más por los pisos. Nunca las escogía. Llegaba, escribía un número en un papel, y les pedía que eligieran uno del uno al diez. La afortunada se iba con su excelencia al lecho real. Al parecer, una de las chicas se ahogó con él encima. La asfixió con su cuerpo mientras se la tiraba.

Decidimos ponernos en marcha sin perder más tiempo. Los dos estamos ansiosos por resolver esta situación cuanto antes. Estoy asustado, pero ya no estoy solo, y tengo además un propósito que merece la pena, lo cual permite que se abra una mínima rendija a la esperanza. Además, mis problemas son irrelevantes si los comparamos con los de Silvia.

El otro piso está en las afueras de Vigo, en la avenida Florida, así que decidimos ir a por mi coche.

No me encuentro tan mal como antes, pero al arrancar recuerdo que mi estado actual es lamentable.

Salgo del garaje en tensión, aunque a medida que avanzamos voy sintiéndome un poco más seguro. Cuando paramos en algún semáforo miro a Silvia de reojo. Lleva las piernas dobladas y apoya los pies en el salpicadero. En el hueco que queda entre sus descoloridos vaqueros y unas zapatillas Converse bajas, aparecen unos tobillos delgados. En el de la pierna derecha tiene una quemadura como de cigarro, que ejerce sobre mí una gran atracción. Un semáforo se pone en verde, y no reacciono hasta que ella se gira para mirarme. Mi rostro se pone rojo, antes de que lo haga de nuevo el semáforo, y arrancamos.

—¿De verdad te dijo que quería dejar las drogas? —pregunta Silvia.
—De verdad.
—Me parece imposible.
—Pues me lo dijo, parecía convencida.
—No sé —dice Silvia—, lo entendería si fueras...
—¿Si fuera qué?
—Tú no eres su tipo.
—Ah.
—No te ofendas. No estás mal.

Dejo el coche en un parking de la plaza América, a cinco minutos andando del piso adonde vamos. Son las doce de la mañana y hay mucha gente por la calle. Me pregunto qué pensarán al vernos. Una pareja peculiar, aunque es posible que parezcamos de lo más normales. ¿Llamaremos la atención o pasaremos desapercibidos? En todo caso, es un desasosiego menor. Las fuertes paranoias de antes no dan señales de vida.

Al llegar al portal, Silvia llama al tercero derecha. Una voz de hombre contesta.

—Horacio, soy Sil. Ábreme, anda.

Horacio es un tipo de mediana edad, con pinta de haber sido guapo antes de que se le echaran encima los años y de que las sesiones de quimioterapia fueran acabando con su pelo. Está delgado y se mueve con cierta dificultad. Cuando ve a Silvia los dos se funden en un abrazo.

—Estás casi más delgada que yo. Tenés que cuidarte, boluda —le dice—. ¿Quién es el pibe? ¿Es tu...?

—No —interrumpe Silvia—. Es una historia muy larga. Tenemos que hablar.

Horacio nos conduce a un salón grande. La habitación cuenta con una distribución de los muebles poco convencional. Como no hay televisor hacia el que tengan que confluir, el sofá de tres plazas y los dos sillones que se hallan en el medio de la estancia parecen estar perdidos. Horacio se sienta en uno de los sillones, Silvia en el sofá, muy cerca de él, y yo me quedo de pie a su lado sin tener ni puta idea de qué hacer.

—¿Cómo te encuentras? —dice Silvia, acariciándole la rodilla.

—Bien, me encuentro bien. Estoy aprendiendo a relativizar, boluda. Todo está en la cabeza, en la actitud ante las cosas. Siento no haberme dado cuenta antes. No hubiera enfermado, yo mismo me provoqué el cáncer. Ahora lo sé.

—Eso es una idiotez.

—Escuchame, boluda: ahora lo veo todo claro. Estoy leyendo, aprendiendo... Nada de lo que nos sucede en la vida, lo bueno, lo malo, nada tiene poder si nosotros no se lo damos.

—¿Qué cojones estás diciendo? ¿Se te ha extendido el cáncer al cerebro?

—Atendé, sé que suena raro, pero está más que comprobado: ¿por qué hay gente feliz con tan poco y gente infeliz que puede parecer que lo tiene todo? Es la actitud, es la manera de procesar las cosas. Si tú tornás la forma de enfrentarte a las circunstancias, todo cambia, porque nada es sino para ti. Nada es por sí mismo.

Joder. Estoy flipando. Esto es lo que me faltaba por ver: el encargado de un burdel dando una lección de psicología.

—Eres joven, te cuesta entender. ¿Cómo va la vieja?

—Mal. Se está muriendo, Horacio. Pero supongo que con tu jodida teoría no hay que darle importancia. Que se muere, no pasa nada; que su vida es un infierno por culpa de la tarada de mi hermana, nada. Cambiamos la actitud, vemos las cosas de otra forma y ya está, la vida es maravillosa.

—En algunas circunstancias es complicado relativizar, eso es cierto, pero piensa: un psiquiatra muy importante, que estuvo en un campo de concentración nazi, descubrió que las personas eran felices aun en las situaciones más dramáticas si eran capaces de darle un sentido a su vida. Si tienen..., cómo explicarte..., un objetivo vital o algo así.

Coño, eso es lo que me pasó a mí cuando hablé con Silvia, que apareció el sentido dentro del desastre y eso hizo que me sintiera mejor.

Silvia hace un gesto a Horacio para que detenga el discurso.

—He venido a por mi hermana, Horacio. Me la voy a llevar, por las buenas o por las malas.

—Pero no está aquí, pequeña. Ya sabés, está en el otro piso.

Silvia le explica a Horacio cómo está la situación en el otro piso, y le hace un pequeño pero muy claro resumen de mi encuentro con su hermana y demás.

—Veo que conocés a Fredo —dice, mirándome con una media sonrisa—. Si el boludo tuviera más pelotas, sería un pibe muy peligroso.

—¿Qué es lo que está pasando, Horacio? Ayúdame —dice Silvia, acariciándole la rodilla.

—No tengo ni idea, Sil. Hoy he visto a la gente un poco nerviosa, pero sé ahora que el piso está vacío porque me lo contás vos.

—¿A quién has visto nervioso?

—Vino Rosana a la mañana, con una de las chicas. Están durmiendo aquí.

¿Rosana? ¿Madame La Gorde? Un escalofrío de angustia recorre mi cuerpo al pensar que me voy a encontrar otra vez con alguno de los personajes de la noche anterior. Hasta ahora eran solo eso, personajes.

—Despiértala, Horacio, quiero hablar con ella —dice Silvia.

—Está bien. ¿Querés tomar algo?, ¿una cerveza?

¿Ha dicho cerveza? Por favor, que sea verdad, dilo otra vez, Horacio, no te olvides. Has dicho cerveza. Llevo todo el puto día pensando en beber y todavía no he conseguido probar ni una gota.

Me emociono, saboreándola ya, y me entran ganas de abrazarlo. Quiero decirle que sí, que queremos cerveza. No una, sino diez, pero me callo por vergüenza.

Afortunadamente, no lo olvida:

—Venid a la cocina, os tomáis algo mientras voy a despertarla.

Horacio está buscando en la nevera cuando oímos algo de movimiento fuera. Unos pasos nos indican que alguien se acerca. ¿Será ella? ¿Ni siquiera voy a poder tomarme una puta birra antes de tener que ver de nuevo la cara de foca de La Gorde mirándome con suficiencia?

Es ella.

Pero no me mira con suficiencia. Se queda totalmente pasmada cuando ve al trío de la cocina. Con el tipo delgado y sin pelo que rebusca en la nevera ya contaba, pero al observar a los otros dos su cerebro parece quedar bloqueado. Las cuatro neuronas que tiene estarán haciendo enormes esfuerzos por procesar la información que reciben del exterior.

Horacio se da la vuelta. Sin cervezas. Joder.

No sé cuánto tiempo pasa antes de que hable alguien. Unos pocos segundos, supongo, pero parece un mundo. Es Silvia, cómo no, la que rompe el hielo:

—Rosana, pareces sorprendida.

No me gustaría ser una de las desbordadas neuronas de Madame La Gorde. Está tan desconcertada que ni siquiera es capaz de adoptar la pose de falsa amabilidad que tenía ayer.

—Silvia, ¿qué haces aquí? —dice con la voz entrecortada.

—Vengo a buscar a Noa. Tal vez podrías ayudarme.

—Ah, ya. No, no sé dónde está —contesta nerviosa La Gorde.

—Esta tía es imbécil: «No sé dónde está» —dice Silvia burlándose—. Déjate de gilipolleces, y dime de una puta vez dónde está mi hermana.

Me gusta esta chica. Está claro que no tiene remilgos con el vocabulario.

—No lo sé. Hace tiempo que no la veo.

No sé si he oído bien. Sí, claro que hace tiempo, pero como mucho ese tiempo son tres o cuatro horas. Creo que me toca hablar a mí, pero qué poco me apetece.

Silvia me mira.

—Yo diría que no hace tanto tiempo —me oigo decir.

—¿Y tú quién eres? —pregunta La Gorde.

¿Tanto he cambiado desde ayer? ¿O es que mi amiga rellenita está disimulando por alguna razón que no alcanzo a comprender?

—¿Ya me has olvidado? ¿Es que no soy importante para ti? —le pregunto.

—¿Quién es este gracioso? —le dice La Gorde a Silvia.

—Este gracioso estuvo ayer en el piso de Urzáiz, contigo, con mi hermana y con Fredo. Así que deja ya el juego y dime dónde está Noa, antes de que me ponga más nerviosa de lo que estoy y te coloque un puto cuchillo en la garganta.

Por propia experiencia, mi cuello sabe que Silvia es

capaz de hacer eso, y, por el gesto de nerviosismo de La Gorde, parece que ella también lo cree.

—¿Me estás amenazando? Creo que deberías tranquilizarte un poco. El piso de Urzáiz no iba bien y lo dejamos hace una semana. No he vuelto a ver a tu hermana.

Horacio parece sorprendido cuando oye eso.

—¿Horacio? —dice Silvia.

—Es la primera vez que oigo tal cosa —responde él.

Dios, siento como si se me fuera la cabeza, como si estuviera a punto de volverme loco. Tengo la sensación de estar haciendo equilibrio sobre la punta de un pie en la fina línea que separa la cordura de la locura. Dudo de mí mismo. Por unos instantes, miles de imágenes sin sentido se acumulan en mi cerebro golpeando las paredes del cráneo.

Hago un titánico esfuerzo por agarrarme a la realidad. Y la realidad es que esta tipa está contando una jodida milonga.

—Silvia, está mintiendo —digo.

—Lo sé —responde Silvia.

—¿Tú quién te crees que eres para llamarme mentirosa? Horacio, ¿vas a permitir que vengan aquí a insultarnos? —dice La Gorde.

—A mí no me están insultando.

—Silvia —añado—, a lo mejor sí deberías ponerle el cuchillo en el cuello. Es lo que hacen con los cerdos.

Acabo de hablar como un gánster. Y me gusta. Realmente quiero que Silvia lo haga.

—Lo voy a hacer —dice Silvia, sacando el cuchillo que

antes había entablado amistad con mi cuello—. Vaya si lo voy a hacer, como la hija de puta esta no me diga de una vez dónde está Noa.

Madame La Gorde se echa hacia atrás, asustada, mientras Horacio agarra, con toda la fuerza que la quimioterapia no le ha arrebatado, el brazo con el cual Silvia sostiene el cuchillo.

—No, pequeña —le dice—. Guarda eso.

Silvia se resiste, muy nerviosa, pero lo acaba guardando, aprieta los dientes y hunde su cabeza en el pecho de Horacio, golpeándolo.

—Tranquila, pequeña. Rosana, sal de aquí.

—Voy a llamar a Fredo —dice Madame La Gorde justo antes de dar media vuelta y salir de la cocina.

—Tenéis que marcharos, Sil —dice Horacio.

—No le tengo miedo a ese mierdas.

—Sabes que no va a venir solo. Marchate de aquí ya, boluda. No podés jugar con esta gente —le dice justo antes de mirarme—. Y tú no te separes de ella. No dejes que haga ninguna tontería.

Salimos del piso y nos dirigimos a la plaza América sin decir ni una sola palabra. En la calle no tengo la paranoica sensación de antes, me noto abstraído de todo lo que me rodea. Estoy concentrado en buscar una explicación para este jaleo, y da la impresión de que Silvia también lo está.

Es curioso, ahora mismo podría decir hasta que me

siento bien. Tengo miedo, estoy nervioso y asustado, pero puede que tenga razón Horacio en eso de que la clave es que exista un sentido. Ahora lo he encontrado: averiguar qué es lo que está pasando y ayudar a Silvia a buscar a su hermana para que se la pueda llevar a su madre antes de morir, y de paso salir indemne de todo esto.

Parece como si todo el caos que hay a veces en mi cabeza se reorganizara, y me siento fluir hacia un objetivo. Ni siquiera me preocupa el trabajo, no haber avisado. Lo que ahora tengo entre manos es mucho más trascendente.

Es una sensación similar a la que me provocan las buenas novelas, películas o series. La ficción aporta estabilidad al caos. Al contrario que en la vida real, las cosas suceden por algo, con una relación causa-efecto. Todo tiene sentido. En la realidad, no. Pues esto es lo mismo, solo que ahora la historia la protagonizo yo, y no es ficción.

—¿Qué hacemos, Silvia? —pregunto al llegar a la entrada del parking.

Niega con la cabeza.

—¿Llamamos ahora a la policía? —añado.

—No, joder. A la policía no. En primer lugar no podrán hacer nada, y como esta gente se entere de que hemos ido, no vas a poder dormir tranquilo en una buena temporada. Si es que llegas a dormir.

—Bien, ¿y qué propones?

—¿Ayer había una chica negra en el piso? —pregunta. Esa tiene que ser Dientes Separados.

—Sí.

—Ali. Tenemos que llamarla.

Esta vez decidimos no ir de cara. Silvia me da el número particular de Dientes Separados y la llamo desde mi teléfono, en manos libres, para que Silvia pueda escuchar toda la conversación. Contesta al tercer tono.

—Buenos días, ¿eres Ali?

—Sí.

—Soy Luis, un cliente, he estado varias veces por el piso —miento—. ¿Te acuerdas?

—No.

—Suelo quedarme con Noa, y quería un servicio hoy. La he llamado y no me responde, así que he ido por allí, pero no contestan tampoco al telefonillo. ¿Sabes dónde podría encontrarla?

—No. Llama al teléfono del piso.

Ali habla rápido, mezclando el español con el portugués brasileño, y me cuesta entenderla.

—Lo he hecho. Tampoco hubo suerte.

—Pues no sé, la verdad.

—Es una pena, porque sería un servicio de todo el día. Muy fácil y bien pagado.

—Te puedo acompañar yo, cariño. Serías muy feliz.

—No lo dudo. Pero verás, soy un hombre fiel. Venga, dime cómo puedo ponerme en contacto con Noa. No hagas que la chica pierda una buena oportunidad.

—No sé dónde está. Lo siento.

Silvia empieza a resoplar. Para variar, está bastante agitada. Ahora que conozco su temperamento imagino que debe de estar haciendo inmensos esfuerzos para seguir callada.

—Pero... —digo.

—Mira —me interrumpe Dientes Separados—, si te sirvo yo, vale. Si no, no te puedo ayudar.

Fin de los esfuerzos. Silvia no aguanta más.

—Ali, soy Silvia.

Silencio.

—Ali, por favor. Necesito encontrar a mi hermana.

—Yo no sé nada, Sil, lo juro por mis hijos.

Las putas tienen hijos. Primera noticia.

—Pero ayer estabais en el piso, y hoy..., ¿qué está pasando?

—No puedo hablar.

—¿Te han dicho que no hables conmigo?

Silencio.

—¿Ali?

—Tendré que decir que me has llamado. Si lo oculto, me matarán.

—Cuéntaselo, Ali. No quiero que te pase nada, pero dime cómo puedo encontrarla.

—No lo sé —dice Dientes Separados, sollozando—. Tengo que colgar, Sil. Lo siento.

—Ali, ¡no!

Ali ya no está.

Marcamos de nuevo el número, pero Dientes Separados ha establecido un nuevo récord brasileño en la categoría de apagado de teléfono tras llamada incómoda, acercándose a la plusmarca mundial. Nos estamos especializando en callejones sin salida, y lo peor de todo es que parece que ya no nos queda ni eso. Además estamos agotados, cada uno por razones distintas. Silvia, por lo de su madre y por el viaje que se metió desde Madrid de madrugada. Yo, solo por el viaje que me metí.

Mi teléfono también empieza a dar síntomas de agotamiento. Suena el pitido que indica que la batería flojea de nuevo. Normal, teniendo en cuenta que lo cargué durante la friolera de cinco minutos.

Cada vez tengo más claro que nuestra única solución es llamar a la policía. Algo que por razones evidentes no me gusta nada, pero esto se está saliendo de madre, y no creo que la nueva pareja de detectives formada por una menor de edad con problemas de autocontrol y un mayor de edad al que le funciona aproximadamente una sexta parte del sistema nervioso pueda llegar muy lejos en su cruzada particular.

Estoy buscando algo de claridad argumental para exponérselo a Silvia, dadas sus anteriores reticencias.

No es necesario: suena mi móvil.

Siempre siento curiosidad al oír el tono de llamada en mi teléfono. Siempre se remueve algo dentro de mí, un intenso sentimiento que viene seguido por la consiguiente decepción la mayoría de las veces al ver el número entrante o al oír la voz de la persona que llama.

Una prueba más de que no he madurado.

Esta vez el sonido del teléfono abre un agujero negro que atrae toda la materia de mi cuerpo hacia él.

No soy el único que experimenta esa sensación.

Tengo que hacer un movimiento digno de cinturón negro sexto dan para alejar mi teléfono de Silvia, que se había abalanzado sobre él. Le hago un gesto de calma.

Se calma.

Calma tensa.

En la pantalla del móvil aparece un número que no conozco.

El teléfono consigue sonar tres veces. Antes del cuarto tono, contesto.

—Diga.

—¿Hablo con Roberto Sánchez?

—Sí.

—Antonio López. Inspector de la policía local de Vigo.

Joder.

Silvia se retuerce dentro de su pequeño cuerpo, ya que no oye nada de lo que dicen al otro lado, pero ve el careto que se me queda.

—¿Qué desea? —pregunto.

¿He dicho «qué desea»?, ¿ahora soy un puto camarero?

—¿Usted conoce a Noa Ramos?

—¿Noa Ramos? —repito con la intención de que Silvia lo oiga y me confirme el nombre.

Cosa que hace con un gesto. Chica lista.

—Sí —responde el policía—. Noa Ramos.

—No mucho, pero la conozco, sí. ¿Por qué me lo pregunta?

Dios mío: «¿Qué desea?», «¿Por qué me lo pregunta?»... ¿Hay algún tipo en el mundo más ingenioso que yo? Está claro que tengo una tara. Ahora solo hace falta saber si es de serie o producida por las drogas.

—Hemos comprobado las llamadas realizadas al teléfono móvil de la chica, y usted... Bueno, no hace falta que se lo explique, ¿verdad?

El tono de batería agotada suena cada vez con más frecuencia.

—No, no hace falta. Ayer la llamé varias veces. ¿Qué pasa con Noa?, ¿está bien?

—Se trata de un tema delicado. Tendremos que hablarlo en persona. ¿Puede acercarse ahora mismo a...?

Adiós batería.

—¡No! ¡Mierda!

Silvia no tarda ni medio segundo en hacerme un interrogatorio que envidiarían los militares en Guantánamo. Se lo explico todo, y decidimos que lo mejor es ir a mi casa a cargar el móvil y devolver la llamada al policía.

En el coche, Silvia apoya de nuevo los pies en el salpicadero. Está cada vez más inquieta, y yo también. Que me haya llamado un policía no parece una buena señal, y que me haya dicho que era mejor no hablar por teléfono, tampoco. Pero lo mejor es no pensar. En unos minutos saldremos de dudas.

Vamos en el silencio más absoluto. No puedo evitar fijarme otra vez en el tobillo izquierdo de Silvia. Esa quemadura ejerce sobre mí una atracción brutal. Incluso en la situación en la que estamos, fantaseo con acariciárselo. Silvia, con sus diecisiete años y su delgado cuerpo, es una presencia poderosa, focalizada ahora en esa quemadura que se me antoja de una rara e imperfecta belleza.

Hasta que la chica decide romper el silencio.

—¿Y era de la policía nacional? ¿Te lo ha dicho?
Me lo ha dicho. Pero no me acuerdo.

—Pues creo que sí. Pero no estoy seguro.

—Joder, normal. Ya han pasado diez minutos desde que has hablado con él. ¿Cómo te vas a acordar?

—Mira, no tengo ni idea de qué es lo que está pasando, pero yo no tengo la culpa. No la pagues conmigo.

¿Realmente no tengo la culpa? Porque empiezo a dudar de todo.

—Puede que tengas razón —dice Silvia—. Tú solo tienes la culpa de ser un putero y un yonqui descontrolado.

¿Algo que objetar?

No es rabia lo que siento al oír esas palabras.

Una lágrima sale de mi ojo derecho y baja por mi mejilla al mismo tiempo que la primera gota de lluvia cae sobre el parabrisas. Lo que hasta ahora había sido angustia y paranoia se convierte de repente en tristeza y desolación. Una tristeza absoluta.

¿Yo soy esto? ¿Un yonqui descontrolado y un putero?

Pienso en defenderme. Lo tengo fácil. Al fin y al cabo, en su familia tampoco siguen los códigos de la moral cristiana. Pero ¿para qué? Todos tenemos nuestras razones, estamos en el mismo barco. El barco de los perdedores.

Se me pasa por la cabeza explicarle que soy un enfermo, que es la comadreja la que se apropia de mi cuerpo y yo solo obedezco su mandato. En esos momentos mi cuerpo es algo tan ajeno a mí como podría serlo para cualquiera.

Pero primero tendría que convencerme a mí mismo.

Un manto de oscuridad se cierne sobre mí, al mismo tiempo que enormes nubes negras se apoderan del hasta hace unos minutos cielo azul. Todo está perfectamente orquestado en una coherencia sin fisuras. Caen las primeras gotas, se avecina una tormenta y el viento empieza a soplar con fuerza, pero la tormenta estalla primero dentro del coche.

Rompo a llorar con violencia. Con un dolor indescriptible por lo hondo, por lo duro, por lo devastador de su poder. Quiero que Silvia me abrace, quiero que vuelva Noa, que me digan que no ha pasado nada, que me cuiden, que me den otra oportunidad, y que no me dejen solo.

Sobre todo, eso.

Que no me dejen solo.

Llevo sintiéndome solo tanto tiempo... Estoy tan cansado...

—Tranquilo, hombre. No tengo derecho a decirte nada —dice Silvia mientras me mira sorprendida.

Pero ahora lo dejo ir y sigo llorando hasta que llegamos. Dejo que salga porque no tengo fuerzas, porque necesito ayuda. Silvia apoya una mano en mi hombro, lo que provoca que el llanto se haga más profundo.

Llegamos al garaje, aparco y dejo caer mi cabeza sobre ella.

—Lo siento. Lo siento —digo entre las últimas lágrimas.

Patético.

Al principio, dubitativa, parece no saber qué hacer, pero al cabo de unos segundos me da una palmada en el hombro.

—Es cierto. No es culpa tuya. Pero, venga, no hay tiempo para lloriqueos.

Cuando llegamos al cuarto, asomo la cabeza para salir del ascensor y veo la puerta de mi casa medio abierta. Le hago a Silvia un gesto para que no se mueva.

¿La habré dejado abierta?

Lo dudo mucho.

La única neurona que me funciona me avisa de que hay que bloquear el sensor de la puerta del ascensor para que no se cierre sola y, con una seña, se lo hago saber a Silvia, a la que le funcionan bastantes más neuronas que a mí, y entiende enseguida lo que tiene que hacer.

Con la mano de Silvia bloqueando el sensor, salgo muy despacio al descansillo de las escaleras. Alguien pone música en mi cerebro, con tan mala leche que empieza a sonar el segundo movimiento de *Musica Ricercata*, de Ligeti, que había quedado grabado en mi disco duro después de oírlo en la película *Eyes Wide Shut*. Esta pieza acojona aun sonando en un chiringuito de playa a mediodía mientras te tomas un puto Magnum de chocolate. En la situación actual, y saliendo de mi cerebro sin que yo pueda hacer nada por evitarlo, me provoca escalofríos.

Un par de golpes de piano.

Consigo dar dos pasos.

Más piano cortesía de Ligeti. Golpes graves.

Doy otro par de pasos. Estoy a dos metros de la puerta.

Golpe agudo en el piano.

Más pasos. Pero esta vez no son míos. Vienen de dentro de mi piso.

Los golpes agudos suenan seguidos ahora, sincronizándose como por arte de magia con los bombeos de mi corazón.

Enhorabuena. Muy bien metida la banda sonora.

Se nota que en mi subconsciente se acumulan decenas de escenas hitchcockianas acompañadas por música del gran Bernard Herrmann. Al fin y al cabo, cada uno de nosotros construye su propia realidad. No somos estímulo-respuesta, como creía algún conductista radical, sino que el estímulo pasa por el filtro del organismo. En este caso, el organismo soy yo, y eso, ahora mismo, no puede ser bueno.

Creo notar como la sangre sale disparada del corazón y se desliza rápidamente por las arterias. El impulso es tan grande que parece que vaya a taladrar la piel y salir a borbotones. Me falta el oxígeno, como si en vez de estar en un cuarto piso estuviera a cinco mil metros de altura.

Doy un paso atrás, despacio, sin ser muy consciente, otro par de pasos. Silvia me agarra y me mete dentro del ascensor un segundo antes de marcar el botón del cero y dos segundos antes de que oigamos como varias personas salen de mi casa.

Salen hablando tranquilamente, sin apuros. El ascensor ya está en marcha y apenas distinguimos alguna palabra. Por el tono parece que no son conscientes de que acabamos de estar a unos metros.

Llegamos al portal, el ascensor se abre y salimos.

—A las escaleras —digo.

Silvia me mira desconfiada, pero acepta la propuesta. A las putas escaleras.

Nos quedamos a mitad de camino entre la planta baja y el primer piso, mientras oímos como el ascensor se pone nuevamente en marcha y comienza a subir.

—Pero ¿qué hacen aquí? ¿Y cómo han sabido dónde vivo? —digo.

—Se están tomando demasiadas molestias —dice Silvia—. Algo pasa. ¿Puede que ayer hicieras algo que no recuerdes?

—No.

—Piensa. Es importante.

—No. Ya te lo he contado todo.

O eso creo.

El ascensor llega de nuevo a la planta baja y oímos como salen. Esta vez van en silencio, pero por el ruido y los pasos intuyo que son dos personas. Caminan hacia la entrada del portal y salen.

Una vez en casa, lo primero que hago es enchufar el móvil, y lo segundo ir a la nevera a pillar una cerveza. Entonces recuerdo que no me queda nada de alcohol.

Al encender el móvil me llega un mensaje con cuatro avisos de llamada del número del policía. Lo llamo.

—Dígame.

—¿Es usted el inspector?

—Sí.

—Perdone, antes me he quedado sin batería. Soy Roberto Sán...

—Ya sé quién es —me interrumpe—. Tiene que acercarse al puerto.

—¿Al puerto?

—Sí. Si quiere le puede recoger un coche de la policía en cinco minutos.

—No, no hace falta. Estamos aquí al lado, en Gran Vía. Enseguida llegamos.

—¿«Llegamos»?

—Estoy con la hermana de Noa.

—De acuerdo.

—Pero ¿me puede decir qué es lo que está pasando?

—Le repito que no puedo decirle nada por teléfono. Vengan para aquí. Nos vemos en la puerta lateral del centro comercial A Laxe. Rápido.

Salimos a la calle, que está oscura, aunque ya no llueve y no deben de ser más de las seis y media de la tarde. Las nubes negras que ahora cubren el cielo adelantan la llegada de la noche.

No hay mucha gente, y eso, sumado a mi paranoico estado de alerta, me ayuda a ver con tiempo a un tipo delgado que se dirige rápidamente hacia nosotros, seguido a unos metros por un enorme gorila.

La visión del querido Fredo Corleone sacude todas las células de mi cuerpo. Agarro a Silvia del brazo y se lo indico.

—Tenemos que correr.

Silvia asiente.

Corremos.

De pequeño soñaba a menudo que alguien me perseguía y yo era incapaz de correr. Solía arrastrar los pies con una dificultad extrema.

Sin embargo, esto debe de ser real, porque empiezo a correr con normalidad. Vamos al ritmo de Silvia, que no es muy rápido, mientras Fredo se acerca a nosotros poco a poco. Estará a unos cincuenta metros. El gorila que lo acompaña es incapaz de correr y se va quedando rezagado.

Estamos en la calle Arenal, y, aunque no mucha, hay gente. Probablemente, si nos paramos, Fredo y su gorila no puedan hacernos nada, porque llamaríamos demasiado la atención. Pero me voy a quedar en la teoría, ya que no me apetece comprobarlo.

—Vamos, Silvia.

Silvia no puede subir el ritmo, su respiración es cada vez más forzada. Fredo se acerca, aunque muy lentamente y con el rostro desencajado por el esfuerzo. Más atrás, el gorila es ahora un pequeño mono, un punto en la lejanía. Para mí, incluso en las condiciones en las que estoy, es un ritmo muy cómodo.

Habremos recorrido unos quinientos metros, y aún nos quedan otros tantos para llegar al puerto cuando Fredo está a punto de alcanzarnos. Diez metros nos separan. Está claro que no vamos a llegar a nuestro destino antes de que nos alcance. Lo bueno es que ya no hay rastro de King Kong.

—Silvia, sigue corriendo. Todo recto, ahora te alcanzo.

Ella me mira, confusa, y ve como me paro en seco, me doy la vuelta y lanzo un puñetazo contra el esforzado rostro de Fredo.

Para ser el primer puñetazo de mi vida, el resultado no es nada malo, aunque no todo el mérito es mío: a la vez que yo impulsaba mi puño hacia su cara, Fredo, con la inercia de la carrera, impulsaba su cara hacia mi puño. Así que, en honor a la verdad, hay que señalar que ha sido un trabajo en equipo.

La cabeza de Fredo hace un extraño movimiento que el resto de su cuerpo no parece entender, pero al final consiguen seguir juntos y caen al suelo bastante sincronizados. Aunque Fredo se queja mucho, el golpe no lo ha dejado inconsciente e intenta levantarse. Miro adelante y veo que Silvia ha cogido una buena ventaja, pero no sé si será suficiente para llegar al puerto, así que decido entretener un poquito más a Fredo.

Patada al estómago.

Ahora Fredo se encoge y parece que le duele de verdad. Dice entre dientes no sé qué mierda sobre matar a alguien. Está claro que el chico no es un apasionado de la cultura tibetana.

Echo a correr hacia Silvia, que ahora ya está a una distancia segura. Miro hacia atrás y veo como Fredo se levanta con dificultad. Entre el esfuerzo de la carrera y los golpes, no creo ni que intente seguirnos. En todo caso, ya no tiene opciones de alcanzarnos.

Corro a tope y llego a la altura de Silvia en la plaza de

Compostela, a unos cien o doscientos metros del puerto, distancia que recorremos andando al comprobar que nadie nos sigue.

Irónicamente, el puerto es un lugar al que me gusta ir cuando salgo a correr al anochecer. Me gusta avanzar despacio por el entarimado de madera que lo bordea y observar los barcos atracados. La quietud de la noche, unida a las tranquilas y oscuras aguas, dota a la zona de un aura de película. Es como apartarse por un momento de la sucia realidad y entrar en un pequeño mundo aparte. A veces paro y me quedo durante unos minutos contemplando las pequeñas embarcaciones, imaginando historias para ellas. Pequeñas ficciones con algún personaje que sea una parte de mí mismo y que al mismo tiempo me permita ser otro para escapar de una realidad de la que me siento totalmente desconectado.

Esta vez no me tengo que inventar ninguna historia cuando llego: la realidad ya es lo bastante ficticia y, por desgracia, no por ello menos real.

La zona está tranquila. La fuerte lluvia de antes ha limpiado las calles de polvo y gente. El centro comercial A Laxe, construido en pleno puerto, separa la zona en la que estamos del puerto industrial, en el que a lo lejos se levantan las enormes grúas de los astilleros en posiciones estilizadas, como si estuvieran haciendo algún número de ballet. Bailando con sus enormes cuerpos una danza macabra.

La danza de la muerte.

Llegamos al lugar donde hemos quedado con el policía; no hay ni rastro de nadie. Nos colocamos en una zona en penumbra y de vez en cuando echo una mirada para ver si hay señales de vida de Fredo y su gorila.

A unos cincuenta metros, una silueta se dirige hacia nosotros. La sombra no permite ver de quién se trata hasta que está muy cerca. Es un tipo muy elegante, vestido con un traje oscuro, camisa rosa y corbata. Tiene el pelo rubio bastante largo engominado hacia atrás, donde se adivina una incipiente calvicie, y un rostro curtido que solo vemos cuando está pegado a nosotros. Entre cuarenta y cincuenta, me resulta sumamente difícil calcular su edad.

—¿Roberto Sánchez? —me pregunta.

—Sí.

—Antonio López —dice, enseñando una placa—. Inspector de la policía local. Usted debe de ser la hermana de Noa Ramos —dice extendiendo la mano en dirección a Silvia.

Una mano que no va a tener compañía.

—¿Qué le ha pasado a mi hermana? —pregunta Silvia, nerviosa.

—Vengan por aquí, por favor —indica, dando media vuelta.

Lo seguimos por un pantalán donde hay barcos atracados a uno y otro lado.

—¡¿Me puedes decir qué cojones pasa con mi hermana?! —grita Silvia.

—Acompáñenme, por favor. Ahora les explicaré —contesta, sin girar la cabeza, en un tono de voz pausado.

Llegamos al final del pantalán.

El tipo se da la vuelta y mira a los ojos a Silvia con una expresión seria.

—Ha aparecido una joven muerta en este barco. La documentación es de Noa Ramos. ¿Podría hacer el favor de identificar el cadáver?

—¿Muerta? —dice Silvia.

—El cadáver aún está en el barco. Vendrán a retirarlo en unos minutos.

Un resorte invisible impulsa a Silvia, que sale despedida hacia el barco. El inspector intenta detenerla con el brazo, Silvia se lo retira y en tres pasos ya está sobre la cubierta.

Hago el amago de ir tras ella, pero el policía me agarra con firmeza.

—Déjala.

Es un barco deportivo de unos diez metros de largo, que en su parte exterior solo llama la atención por la cinta de la policía. Silvia entra en un habitáculo y desaparece de nuestra vista.

—¿Cómo ha muerto? ¿Asesinada? —pregunto.

—No. Ha sido una sobredosis de cocaína.

Sobredosis.

Cocaína.

Ha muerto por mi culpa. Esa última raya que le ofrecí cuando se encontraba mal. El estómago se me revuelve y estoy a punto de vomitar.

Veo a Leonard Cohen reflejado en las tranquilas aguas. Susurra.

Mi famoso chubasquero azul.

El mechón de pelo. Miro en mi bolsillo. Milagrosamente sigue ahí.

La noche que decidiste desintoxicarte.

No puede ser ella. No puede ser.

Silvia emerge del habitáculo, sin expresión, sale despacio del barco, se desequilibra y está a punto de caerse. Se acerca a nosotros.

No es Noa. Por favor, dímelo, Silvia. No es Noa.

Silvia se acerca a mí, con la expresión perdida. Me mira a los ojos.

De pronto, estalla.

Me araña con fuerza la cara. Siento un dolor agudo. Empieza a darme golpes en el rostro con la mano abierta, con la mano cerrada, golpes en el estómago.

—¡Hijo de puta, hijo de puta!

Aunque al principio intento parar los golpes, enseguida dejo de resistirme. Cuando el policía intenta sujetarla le grito que la deje. Silvia me golpea con rabia mientras grita y llora. Se me va un poco la cabeza y estoy a punto de caerme. Sigue golpeando hasta que agotada cae de rodillas, y aún suelta un par de manotazos contra mis piernas mientras los gritos se funden con el llanto, y se van ahogando lentamente.

La levanto con ayuda del inspector. Está pálida.

—Será mejor que salgamos de aquí —dice el policía—. Vayan ustedes y espérenme al final del muelle mientras compruebo cómo queda todo en el barco.

Eso hacemos, y caminando muy despacio llegamos

al principio del pantalán. Siento a Silvia en un banco para esperar al inspector, que todavía no ha salido del barco.

Ahora todo empieza a tener sentido. Un sentido perverso.

Por eso estaba el piso vacío. Después de dejarla, ayer por la noche, Noa debió de encontrarse peor y se murió. Por mi culpa, todo hay que decirlo. Fredo, Madame La Gorde y quienquiera que esté metido en esto iban a tener un problema muy serio, y explicaciones muy difíciles que dar si la policía encontraba a la chica en el piso, muerta por sobredosis de la cocaína adulterada sabe Dios con qué mierdas que ellos mismos venden.

Así que decidieron vaciar el piso para no dejar rastro, pero no contaban con la aparición estelar de Silvia metiendo las narices. Esto probablemente haya provocado que nos estén buscando, no sé si para asustarnos o para algo peor.

Pero ¿por qué está en el barco el cadáver de Noa?

No sé si acabo de formularme la pregunta. Estoy tan absorto en mis pensamientos que el golpe en el lado derecho de la cabeza me pilla por sorpresa. Siento como si me acabaran de atizar con un saco de plomo. Mi cuerpo gira ciento ochenta grados y, cuando llego a la posición final, con el hilillo de consciencia que todavía me queda, adivino el rostro de King Kong justo antes de que el saco de plomo llegue esta vez por el otro lado y me envíe a echar la siesta.

# TERCERA PARTE

*Ella te manda recuerdos.
Y todo lo que puedo decirte,
hermano mío, mi asesino, es...
¿Qué puedo decirte?*

LEONARD COHEN,
*Famous Blue Raincoat*

Me despierto aturdido por segunda vez en el día pero por diferentes razones, para no encasillarme. Estoy sentado en el suelo con la espalda apoyada contra algo metálico y la cabeza medio caída. Abrir los ojos y enfocar me supone un enorme esfuerzo. Lo primero que veo son las borrosas e inclinadas patas de madera de una mesa, que se van enderezando y volviendo nítidas al mismo tiempo que yo consigo levantar la cabeza.

Es una mesa cuadrada con un largo asiento de madera acolchada alrededor. Nunca he visto un diseño así, parece más propio de un bar que del salón de una casa, pero me da la impresión de que no estoy en ningún bar.

Estiro el cuello para ver más allá de la mesa: hay una cocina contra la pared, con su fregadero y sus hornillos. Definitivamente, no tengo ni la más remota idea de dónde estoy.

Lo que sí sé es que tengo las manos detrás de la espalda y se van a tener que quedar ahí porque parece ser que alguien con espíritu creativo las ha atado con una especie de cuerda.

Oigo un ruido.

Como un gruñido.

Más ruidos. Vienen de mi izquierda, y para mirar hacia ese lado tengo que girar el cuerpo, lo que me ocasiona alguna dificultad gracias al estropicio que el gran simio ha provocado en toda mi corteza cerebral.

Con paciencia lo consigo y me doy de bruces con el origen de los gruñidos. Silvia, víctima del mismo espíritu creativo en lo que se refiere a las manos, tiene además un detalle añadido: un esparadrapo en la boca.

Probablemente mi estado actual no sea el adecuado para desarrollar la gran teoría del pensamiento moderno, pero todavía soy capaz de tener ideas básicas. Una de ellas es acercar mi cabeza a la de Silvia y arrancarle el esparadrapo con los dientes.

—¿Dónde estamos? —pregunto.

—En un barco.

Claro. En un barco.

—¿Llevo mucho tiempo inconsciente?

—Una media hora.

—¿Quiénes nos han traído aquí? ¿Fredo y el gorila?

Silvia asiente.

—El tipo grande te golpeó y caíste redondo. Intenté gritar pero entre Fredo y él me agarraron y me taparon la boca. Después nos trajeron aquí. Creo que estamos muy cerca del otro barco.

—¿Quién es el gorila?

—Un matón que va detrás de Fredo cuando hay problemas.

—¿Deberíamos gritar entonces? A ver si nos oye alguien... —pregunto.

—De momento, espera. Eso hice antes y solo me sirvió para que me pusieran esa mierda en la boca.

—No veo muchas más opciones. Estamos atados. ¿Qué coño van a hacer con nosotros?

—Lo lógico sería que nos mataran.

Joder. Soy un apasionado de la lógica.

—¿Quién es esta gente, Silvia?

—Ya te he contado antes todo lo que sé. Yo solo conozco una parte: Fredo, Horacio, las chicas, la coca... Y algunas cosas de oídas, como lo de Jonás.

—Cuéntame lo que sepas sobre él, anda.

—Ya te lo he dicho: es el jefe, el hijo del Rey de los Gitanos. Le llaman el Príncipe.

—Joder. ¿Qué lumbrera le puso el apodo?

—No lleva mucho en esto pero parece ser que prospera rápido. Tiene un par de pisos en Vigo, y alguno más por los alrededores, pero el gran negocio está en la coca —me explica.

La imagen de un inteligente Walter White, transformado de fracasado hombre de familia en artero capo de las drogas, aparece en mi cabeza. Él sí que prosperó rápido a lo largo de las cinco temporadas de *Breaking Bad*.

—¿Por qué? ¿Es un tipo listo?

—No lo creo. Lo que sí sé es que la gente le tiene miedo. Según dicen, es un mal bicho.

—Me dejas más tranquilo.

—Además, parece que tiene bastantes contactos. Su

padre era un hombre con mucha influencia en Vigo. Manuel Heredia. ¿No has oído hablar de él?

—No.

—Pues todo el mundo lo conoce.

—Llevo poco tiempo aquí.

—Dicen que era un tipo honrado, muy respetado. La gente lo quería, y llegó a ser concejal en el ayuntamiento. El Rey nunca había querido saber nada de drogas, pero su hijo le salió rana.

—Eso pasa en todas las monarquías... ¿Y qué hacemos ahora?

Silencio.

¿Qué podemos hacer? Da igual. No es nuestro turno. Mueven negras.

Y tienen todo a su favor para el Jaque Mate.

Intento mantener la esperanza pensando en que quizá no se pongan dramáticos, y nos dejen seguir con vida. Es posible que solo nos amenacen o incluso nos ofrezcan dinero por nuestro silencio. Otra vez, mi pensamiento influenciado por el cine. En ese caso, deberíamos aceptar, para poder salir del atolladero en el que estamos, y después ya veríamos qué hacer. Tengo que hablar con Silvia para acordar una estrategia, pero la visión de una botella de whisky casi entera encima de la mesa me saca de mis pensamientos.

No he probado ni gota de alcohol en todo el día, y no puedo dejar de pensar en lo bien que me sentaría ahora mismo bajarme la mitad de esa botella para afrontar con tranquilidad las próximas horas, si es que hay próximas horas. Y si no, si es que vamos a morir, tampoco estaría mal anestesiarse.

Pero antes de que decida si es buena idea intentar beberme unos tragos, ruidos y voces cercanos interrumpen mis alcohólicos pensamientos.

El primero en aparecer es Fredo. Entra por una estrecha puerta que hay en el lado opuesto de la estancia en donde nos encontramos.

Lo que pasa a continuación podría pertenecer a varias categorías: entre el ridículo más espantoso, la grima y el puro terror, veo aparecer una parte de un enorme ser humano. Al principio pienso que es King Kong, el mono que me atizó antes, pero no. La puerta está preparada para que entre cada vez un cuarto de su masa corporal. No sé cuánto dura el proceso, pero es dificultoso en extremo, y ese tiempo permite que el miedo se me vaya metiendo en el cuerpo de una forma desconocida hasta ahora.

Lo primero que veo es un polo de color gris oscuro entrando de lado, con un ancho de brazo en el que podría caber una cabeza de tamaño medio. No sé de qué talla será el puto polo, pero, dondequiera que haya sido comprado, una XL normal tendría un hueco en la planta infantil. El torso que sigue al brazo es una de las cosas más descomunales y desagradables que haya visto nunca; no obstante, cuando el pavor llega a su cima es en el momento en que su repulsiva cabeza asoma por fin, jadeante por el esfuerzo que le ha provocado entrar por una puerta cuatro veces más estrecha que él.

Su pelo negro y ondulado es más largo a los lados que

en la parte superior de la cabeza, y no parece que las marcas de champú y acondicionador se vayan a forrar gracias a él. Dos enormes mofletes están separados por un denso bigote y perilla cerrados en candado.

Jonás el Príncipe es una especie de Joe Propuestas, el camello obeso de *The Wire*, pero, en vez de negro, gitano. Hay alguna otra diferencia: Joe estaba al mando de una red de narcotráfico, y se había agenciado buenos contactos en distintas esferas a lo largo de los años, ya que, a pesar de ser narcotraficante y asesino, sabía moverse con honestidad dentro de ciertos códigos; su lenguaje corporal, su voz y su manera de expresarse eran suaves, en contraste con su cuerpo, y transmitía cierta elegancia.

Todavía no he oído hablar al animal que tengo delante, pero su forma de moverse, su aspecto y su mirada no hacen presagiar nada bueno. Si es verdad lo que ha dicho Silvia, que en poco tiempo ha subido como la espuma y se ha labrado un nombre dentro de las Asociaciones Culturales de Narcotráfico y Prostitución de la ciudad olívica, dudo mucho de que sea por las cualidades que atesoraba su negro homólogo de Baltimore.

El tipo se planta a un metro de nosotros y le pregunta a Fredo:

—¿Esta cría es la hermana de la zorra muerta? —Acento gitano cerrado.

—Sí. Y él es...

—Ya —interrumpe el Príncipe—. Por culpa de este estamos aquí ahora.

Lo que faltaba. Terror.

—Habéis matado a mi hermana —dice Silvia.

—¿Tu hermana? —dice el Príncipe—. Tu hermana era una perra drogadicta.

—¡Hijo de puta maloliente! —grita Silvia.

Adiós.

El tipo se acerca a Silvia y le pega un tremendo golpe con la parte exterior de la mano. La cabeza de Silvia se mueve violentamente y gira todo lo que permiten las leyes de la física. Un hilillo de sangre le sale por la comisura de los labios, que al momento empiezan a hincharse.

—Échale la culpa a tu amigo —dice Jonás—. Parece que ayer se lo pasó muy bien con la zorra. Y es una pena, porque me apetecía volver a follármela. Hasta muerta me pone cachondo. Tendré que conformarme con la hermana aquí presente, aunque, niña, tu hermana era mucho más guapa que tú.

—Ni lo sueñes, gordo de mierda. Prefiero ahogarme en mi propia sangre a que me toques con un centímetro de tu asquerosa piel.

Joder, Silvia. Un poco de cabeza.

—Silvia, para —le digo en voz baja.

El tipo se dispone a soltar su enorme brazo otra vez, y lo suelta incluso con más fuerza que antes, pero esta vez cambia de objetivo.

El golpe es fuerte y duele bastante, porque además llueve sobre mojado. Me han pegado más en la última hora que en todo el resto de mi vida. El ostentoso anillo de Jonás me hace una herida bastante escandalosa justo debajo del ojo izquierdo, pero lo peor de todo es que Jonás decide que el daño causado no es suficiente y me pisa el muslo derecho con uno de sus pies, haciendo que kilos y kilos de carne y grasa se concentren sobre mi pierna.

Me revuelvo de dolor, grito, e intento zafarme. Consigo mover todo mi cuerpo excepto la pierna sobre la que presiona el gordo de mierda. Ni un centímetro.

—Para, por favor —digo, sollozando.

—Que me lo pida la zorra —dice el gordo.

Retorcido como estoy, le lanzo una mirada suplicante a Silvia.

—Ya está bien, déjalo —dice Silvia.

El tipo sigue pisando con fuerza y me vuelve a dar otro tremendo golpe en la cabeza.

—Di «por favor», zorra.

No aguanto más.

—Silvia —suplico.

—Déjalo —dice Silvia—. Por favor, para.

Jonás levanta la pierna y el dolor se hace un poco menos insoportable. Alcanzo a ver una no disimulada sonrisa de satisfacción en el rostro de Fredo. Miro a Silvia, haciendo un gesto con el que pretendo indicar que no diga nada más; ella parece entender, porque asiente resignada.

—¿Les tapo la boca? —pregunta Fredo.

Jonás se encoge de hombros sin hacer mucho caso a la pregunta y se dirige a la puerta.

—Demasiadas molestias para estos dos. Si se les ocurre gritar, van a sufrir mucho.

—Joder, Silvia —le digo—. ¿No podías estar callada?
—¿Callada? Mi hermana está muerta, gilipollas.
—Pero tus insultos y tu inconsciencia no le van a devolver la vida. Habría que actuar de manera más inteligente.
—¿Qué más da? Estamos perdidos, no hay forma de salir de aquí.
—Si no te importa, me gustaría intentarlo, y si vamos a morir prefiero que sea con el menor dolor posible.
—Haberlo pensado ayer —me dice con rabia, y se echa a llorar.
—Lo siento. Si me pudiera cambiar por ella lo haría —añado, pero ni siquiera estoy seguro de que sea verdad.

Algo empieza a vibrar en mi pantalón.

El móvil. No me han quitado el móvil. No me lo puedo creer.

Como tengo las manos atadas a la espalda, mi movilidad no es suficiente para sacarlo del bolsillo.

Se lo explico a Silvia y me acerco a ella para que lo coja. Sitúo mi pierna cerca de sus manos, también atadas, y cuando consigue sacarlo ya hace tiempo que ha dejado de vibrar. Supongo que la llamada habrá sido de un estupefacto policía, totalmente desconcertado por nuestra repentina desaparición.

Después de una serie de torpes movimientos tengo el teléfono en la mano, y girando mucho la cabeza consigo que entre dentro de mi campo de visión. Resulta que la llamada no era del policía, sino de mi madre.

Pobre mamá.

Su hijo va a morir y ella morirá con él.

El alcohol ha destrozado buena parte de la vida de una persona que jamás ha bebido.

Mi padre sí bebió cuando estaba vivo, si es que alguna vez lo estuvo. Cuando intento pensar en él, los primeros recuerdos que me vienen a la cabeza son momentos en los que estaba borracho. Algunos de ellos serían cómicos, si no fuesen trágicos.

No gozo de una gran memoria de mi infancia, solo recuerdos borrosos de episodios esporádicos, pero como han demostrado neurólogos y psicólogos los recuerdos que se fijan con más facilidad en el cerebro son los que están ligados a una fuerte emoción. Doy fe.

Debía de tener unos siete años. Como cada mañana de domingo, estaba viendo los dibujos animados en la tele. Me gustaba madrugar y tirarme en el sofá del salón para disfrutar de la programación infantil. Al lado del sofá había una mesa de cristal con una lámpara, el teléfono y pequeñas cajas decorativas. No sé dónde estaba mi madre en ese momento, lo que recuerdo es que vi salir a mi padre de su habitación, venir hacia mí, sacarse la polla y ponerse a mear sobre la mesa sin mediar palabra. Una vez acabado, polla a su sitio, que una cosa es mear en medio del puto salón y otra muy distinta pasearse por casa con ella colgando, media vuelta, y por donde había venido se fue.

Ahora no lo veo tan grave, joder, se limpia y ya está. Pero, en aquel momento, al niño que yo era debió de dejarle un bonito sello en su cerebro en desarrollo. En todo caso, creo que no es una situación recomendada por la corriente pedagógica actual.

En otra ocasión estaba en mi casa con mis abuelos maternos, no recuerdo bien los detalles, pero algo pasaba. Estábamos esperando a mamá. Todo el mundo, bastante agitado. Cuando llegó, una crisis nerviosa la sacudió de tal forma que, vestida de calle, se metió en la ducha gritando. No recuerdo lo que pensé: que se iba a morir quizá, que se había vuelto loca, pero sí recuerdo que estaba paralizado. Era mi mamá la que estaba allí, en la ducha, con ropa. Mi mamá. No sé cuánto tiempo después, mi padre subió a casa. Entonces tuvo lugar una escena que podría funcionar en una película de Almodóvar: mi abuela se lanzó con un cuchillo de cocina contra mi padre. Todo muy dinámico, escenas llenas de ritmo e intensidad dramática.

Puede parecer lógico pensar que después de haber visto ya desde niño las desastrosas consecuencias provocadas por el alcohol debería de haberle cogido manía, y convertirme en un destacado adalid de la Liga Antialcohol.

Pues no. Esto no funciona así. Los hijos de alcohólicos tenemos una probabilidad cuatro veces mayor de convertirnos en alcohólicos que el resto de la población. Esto parece ser el resultado de una explosiva combinación de:

— Cierta predisposición genética. Ya se sabe, los genes, esa envenenada herencia biológica. Ejemplo: «Tiene los ojos de su madre, pero bebe como su padre.»

— Problemas emocionales generados como consecuencia del alcoholismo del padre. Ejemplo: «Le dejó ciertas secuelas ver, a la tierna edad de siete años, a su padre a punto de tirarse por la ventana o meando en el teléfono fijo.»

Nietzsche, filósofo alemán al que mucha gente nombra pero al que no creo que haya leído ni Dios, debía de ser un tipo bastante listo. Por lo que cuentan. Pero dijo una estupidez tan grande que me dan ganas de quemar todos sus putos libros: «Lo que no te mata te hace más fuerte.» Hay multitud de ejemplos de que las heridas emocionales o psicológicas pueden no ya no hacer más fuerte, sino todo lo contrario. Yo soy uno de esos ejemplos.

La situación actual me puede matar, y en caso de que no lo haga ya me preocuparé más adelante de si me hace más fuerte o no. De momento voy a intentar agarrarme al clavo ardiendo que acaba de vibrar en mi bolsillo.

En diez segundos, ya que no creo que haya tiempo para mucho, se me ocurren dos opciones:

— La primera es devolver la llamada a mi madre, le explico todo intentando que se calle y me deje hablar, para que luego ella se ponga en contacto con la policía. A medida que se me va ocurriendo ya la voy descartando. Por muchas razones.

– La segunda es llamar al inspector de policía, que esperemos no se haya alejado del puerto y pueda actuar con rapidez.

Incluso con las manos atadas no me resulta difícil localizar su número y marcarlo, ya que es el último que aparece en el registro de llamadas. El teléfono está muy lejos de la oreja, y manos libres no parece la mejor opción en estos momentos, así que decidimos que Silvia lo sostenga y yo recueste la cabeza sobre sus manos.

El inspector responde al primer tono. Intento explicarle la situación de la manera más tranquila posible, hablando todo lo bajo que puedo, motivo por el que tengo que repetir varias veces las cosas.

Después de un par de minutos tiene más o menos clara la situación.

—Ahora mismo no estoy en el puerto —dice—. Guardad la calma, podemos estar ahí en diez minutos. Y no hagas más llamadas, que no vean el móvil.

«No hagas más llamadas, que no vean el móvil.»

Cumplo el cincuenta por ciento de las instrucciones, ya que antes de que sea capaz de devolver el teléfono al bolsillo, aparece Fredo y clava su mirada en él.

No dice nada, se limita a venir y quitármelo de las manos.

Se me pasa por la cabeza decirle algo sarcástico, como hacen los personajes duros y cínicos de algunas películas en momentos en los que están acorralados, su vida peligra y aun así tienen ganas de humor inteligente. Algo como: «Eres todo un caballero: nos secuestráis, eso no se hace; pero tienes el detalle de dejarme el móvil para que pueda llamar a la policía.»

Pero no digo nada. Esto no es una jodida película y, aunque puedo ser un poco cínico, «duro» es un adjetivo que no se ajusta a la naturaleza exacta de mi personalidad. Es más, la pequeña Heidi podría parecer una agente de la DEA comparada conmigo.

La verdad es que hay que ser un poco idiota para habernos dejado el teléfono, pero Fredo no está muy preocupado por ello. De hecho, aparenta estar tranquilo y no hace ningún comentario. Únicamente cuando va a salir se da la vuelta para decir algo.

—¿A quién has llamado? —pregunta, intentando demostrar inteligencia. Pero hay algo raro en su comportamiento, algo falso.

Nada de lo que pueda contestar sería creíble, y decir la verdad tampoco lo veo del todo conveniente. Silvia, la alumna aventajada de la clase, contesta por mí sin levantar la mano:

—Hemos llamado a tu puta madre, para darle la enhorabuena por tener un hijo tan retrasado.

A Fredo, el zen de mecha corta, le cambia el gesto. Se gira, da un paso hacia nosotros y, cuando ya estoy completamente seguro de que ha sido un error quitarle a Silvia el esparadrapo de la boca, cambia de idea, esboza una medio sonrisa y se dispone a salir.

—Claro, idiota. Vete rápido que si no Papá Gitano se enfada y tú eres un puto cobarde, aparte de marica —insiste Silvia—. ¿Sabes por qué lo tienen a él de encargado? —me dice—. Porque no se atreve a tocar a una tía; tiene miedo, el muy capullo.

—Tú eres muy valiente, ¿verdad?, y mírate: comida para peces, valiente —contesta Fredo antes de salir por la puerta.

—Silvia, ¿qué quieres conseguir así? Por favor, para ya, no los cabrees más. Tenemos una oportunidad, solo necesitamos un poco de tiempo para que llegue la policía.

—Una oportunidad... —dice Silvia—. Una oportunidad para decirle a mi madre que Noa está muerta. Creo que no la quiero.

Pues yo sí quiero una oportunidad, joder.

—No, claro. Es mucho mejor que pierda a sus dos hijas, así podría morir tranquila —añado—. Imagino cómo te sientes. Ahora mismo probablemente todo te dé igual. Pero no lo estropees, piensa en eso.

Deben de haber pasado diez minutos y no hay signos de vida exterior. Espero oír en cualquier momento gritos de «¡Al suelo! ¡Policía!», o disparos, o cualquier cosa que indique que han venido a rescatarnos, pero todo es silencio.

La tranquilidad con la que Fredo me ha quitado el móvil me resulta de lo más extraña. No parecen haberse puesto nerviosos.

—Es todo un poco raro, ¿no crees? —digo—. Nos ven el móvil y no se preocupan mucho por saber si hemos llamado ni a quién. Es imposible que sean tan estúpidos.

—Lo habrán visto en el registro de llamadas —dice Silvia.

—Precisamente. Y no han venido a preguntar de quién es el número al que hemos llamado.

—Pueden haberlo averiguado ellos mismos llamando.

—Sí, pueden. Y saberlo les preocuparía, supongo. Sin embargo, seguimos en el mismo sitio, aquí no pasa nada y no parecen alarmados. No me gusta.

Hay otra cosa que tampoco me gusta: «Comida para peces.»

Fredo nos ha dado una pequeña pista sobre nuestro futuro próximo, pero si estamos en pleno puerto no creo que nos vayan a tirar aquí al mar.

—Si es verdad que te dijo que quería dejar las drogas —dice Silvia—, fue la primera vez.

—¿Cómo dices?

—Noa. Nunca había tomado esa decisión hasta ahora.

—Me lo dijo.

—Pues ya las ha dejado —añade Silvia.

—Lo siento.

—¿De qué hablasteis?

—De muchas cosas, sobre todo de cine, era estupendo hablar con ella. Pero el de ayer no era yo. No estaba en mis cabales.

Era la comadreja.

—Siempre fue una friki.

No sé qué decir. La crueldad de la situación no admite palabras de consuelo. Nada hay que pueda aliviar este tormento.

—Era guapa —dice Silvia.

—Mucho.

—Creo que nunca fue feliz.

—Eso lo entiendo muy bien.

—¿Dices que te dejaste una gabardina azul en el piso?

—Sí, supongo que sí.

—Cuando la he visto, en el barco, la tenía puesta.

Mi gabardina azul en el cadáver de Noa.

Si ayer no hubiera bebido, o si hubiera parado antes, Noa estaría viva.

La angustia me remueve por dentro y también empiezo a dudar de que quiera otra oportunidad.

Silvia se da cuenta.

—Tú no tienes la culpa —dice, y me da una pequeña patada con la punta del pie, que interpreto como un gesto de cariño.

La cicatriz de la quemadura sigue en el mismo sitio, adornando su fino tobillo. Me quedo mirándola un par de segundos, lo suficiente para que Silvia me lea el pensamiento.

—Me la hice...

—No me lo digas —la interrumpo—. No quiero que pierda ese aire misterioso.

—Si solo es una quemadura.

—Me gusta.

—No me dirás que... —está diciendo Silvia cuando el ruido de un motor comienza a sonar.

—Joder —digo—. Nos movemos.

—Mierda.

Esto tiene muy mala pinta.

«Comida para peces.»

Por un momento pienso en gritar, pero me da la impresión de que no va a servir de nada, y menos con el motor del barco haciendo ese ruido; para ser sincero, tampoco me apetece enfadar al Príncipe Gitano y recibir más golpes.

—Estamos jodidos —digo—. Probablemente nos matarán y nos tirarán al mar.

Silvia asiente.

—Silvia, tengo miedo. No quiero morir.

Silvia se acerca a mí. Pone su cabeza al lado de la mía.

—Yo tampoco —me susurra al oído.

La boca de Silvia baja un poco desde mi oreja, pegada a mi piel, y llega hasta el cuello. En el cuello se vuelve húmeda y siento un escalofrío de placer. Mis manos se retuercen en la espalda. Silvia sube otra vez a la oreja y la lengua entra sin llamar.

Dios.

Giro la cabeza bruscamente y busco con mi boca hasta encontrar sus labios.

Dios.

Me olvido de que voy a morir.

Ella se pone de rodillas, su culo cae sobre mi estómago mientras nuestras lenguas luchan a muerte sabiendo que es su último combate. Sus manos ahora están justo encima de mi entrepierna, y con gran habilidad me quita el botón y baja la cremallera. Sentir su mano sobre la ingle me remueve de tal forma que tengo la impresión de que la piel se me deshace de puro gozo.

Siento que la amo.

Pero no se lo digo porque me da miedo estropear el momento.

En cambio, lo que hago es quitármela de encima dándole la vuelta, la hago caer sobre su espalda y me pongo sobre ella mientras estira la cabeza ofreciéndome su delgado cuello.

Acepto la oferta.

Pero no es suficiente.

Bajo con la boca por su camiseta apartando la chaqueta hacia los lados. Al llegar a la cintura se la levanto un poco y busco con la lengua rendijas al paraíso.

Pero no es sencillo llegar al paraíso. Me lleva un tiempo desabotonarle el pantalón con los dientes. Tirar de la cremallera es más fácil, y para bajárselo necesito la ayuda de Silvia, que se las arregla como puede tirando un poco por la parte de atrás, donde tiene las manos, y haciendo movimientos propios de una serpiente.

La serpiente que me tienta con el fruto prohibido.

—Pueden aparecer en cualquier momento —digo.

—¿Y qué más nos pueden hacer, si nos van a matar? —contesta Silvia.

Visto así...

Y la verdad es que no tengo ganas de parar.

Y menos cuando me encuentro cara a cara con sus finas bragas, cuya blancura adquiere otros matices cromáticos al empaparse con el líquido del fruto prohibido, que ya está maduro, esperando a que lo muerda para que caiga sobre nosotros la condena eterna.

Pero ya estamos condenados. A muerte.

Como y bebo con pasión del incesante zumo, sabiendo que es la última cena, mientras Silvia hace verdaderos esfuerzos para mitigar el volumen de sus gemidos.

Pierdo totalmente la noción del tiempo, del espacio y de la realidad en la que estamos. Me entrego al momento presente, como nunca en mi vida había hecho.

Fluyo.

Y todo sale sin esfuerzo. No sé cómo nos las arreglamos, pero ahora estoy apoyado contra una gruesa pata de la mesa, con los pantalones a medio bajar y los calzoncillos por las rodillas. Silvia se sube encima. No supone un gran obstáculo para ella tener las manos atadas a la espalda, pues con gran pericia hace que nuestros cuerpos sean uno.

Me rompo de placer.

Silvia lo nota y se queda quieta.

Al menor movimiento, *Game Over*.

La miro. No sé dónde acaba el placer y empieza el sufrimiento.

Gotas de sudor y lágrimas resbalan por sus mejillas.

Lanza su boca sobre la mía.

Golpeamos la mesa, que se queja con estrépito. Sobre ella hay cosas que se mueven, y algo cae sobre nosotros. Polvillo blanco, quizás harina, que se queda pegado a la sudorosa piel del cuello de Silvia. No sé si es fruto de mi imaginación.

Polvo blanco sobre un polvo negro.
Imagino que me lo meto.
Silvia aprieta las piernas.
DIOS.


No tardan mucho en entrar.
Todavía no nos hemos separado cuando Fredo y Jonás aparecen y se quedan boquiabiertos.
Vuelvo a la realidad. Y no me gusta.
Silvia sale de mí y se intenta vestir, pero no le resulta nada fácil.
Hago lo mismo.
—Quieta —dice el Príncipe.
Silvia no hace caso y continúa luchando con sus bragas. Ya casi se las ha subido.
—¡Quieta! —dice de nuevo el Príncipe y apoya su pie sobre mis testículos justo cuando logro subirme el calzoncillo hasta arriba.
No hace mucha fuerza, pero duele.
—Si no paras —dice Jonás a Silvia— hago tortilla con este mierdas.
Silvia para. Y yo rezo para que no diga nada.
—Ahora me toca a mí —dice Jonás.
—No —dice Silvia.
—Fredo, súbela a la mesa.
—No. Por favor, no.

Fredo se acerca a la chica y la coge con precaución. Ella se revuelve y grita, mientras el Príncipe se desabrocha el cinto y prepara el castigo.

Se repite la historia. Esta vez el fruto prohibido nos ha condenado a algo peor que la muerte. No sé qué hacer, se me revuelve el estómago e intento pensar en algo que nos pueda librar de esto. Pero no hay salida. La sentencia es firme y no admite recurso, ni siquiera el de súplica.

Con mucho esfuerzo, Fredo consigue poner de pie a Silvia y apoyarla contra la mesa. Jonás se acerca a ella.

Busco un objeto afilado para deshacerme de las ataduras. En las películas siempre hay algo, en las situaciones límite, con lo que cortar la cuerda, liberar las manos y deshacerse de los malos en el último segundo. El problema es que esto no es una puta película.

Esto es real.

Y mis manos se van a quedar donde están.

El Príncipe agarra a Silvia de los brazos y la sube fácilmente a la mesa. El saco de mierda seguramente se creería el puto Jack Nicholson si supiera quién es.

Los gritos de la chica aniquilan el alma. Incluso me parece ver un gesto de lástima en el rostro de Fredo, pero el Príncipe está más allá de cualquier sentimiento de piedad.

—Se acabó la fiesta —dice una voz.

¿De quién coño es esa voz? Hagan sus apuestas.

No sé cómo viviría esta situación en un estado normal. El alcohol y las drogas te llevan a perder muchas sensaciones reales. Si miro para atrás veo un gran número de situaciones que me he perdido, o no he disfrutado, o incluso no he sufrido de manera real.

Lo que sí sé es que, sin dormir y con una tremenda resaca, el espectáculo de violencia al que estoy asistiendo me sume en una angustia terrible. Palizas, secuestros, muerte, y ahora una posible violación de una menor a cargo de algo parecido a un ser humano.

Nunca me ha gustado la violencia y, sin embargo, en estos momentos mataría a estos hijos de puta sin pensármelo ni un segundo, y no me importaría hacerles sufrir como cerdos.

Se supone que en un mundo ideal no habría violencia. Que es una cosa que se debe erradicar. Pero el cine, la literatura y la música se alimentan de ella en sus múltiples caras. En un mundo sin violencia, no existiría un gran número de ficciones: películas, libros, canciones...

Si pienso en la cantidad de obras en las que ocupa un lugar más o menos importante, ¿quiero vivir en ese alternativo mundo sin violencia?

La respuesta políticamente correcta es sí, pero algo se me remueve por dentro, la sombra de una duda.

Porque toda ficción tiene su sustento en la realidad, y si el concepto de violencia no existiera en la realidad, tampoco existiría en la ficción.

La voz viene de la puerta.
Joder.
Es un milagro.

Antonio López, inspector de la policía local de Vigo, nos está salvando la puta vida; y por si fuera poco nuestro héroe llega justo antes de que el saco de mierda destroce a la pequeña Silvia.

—Venga, hombre —dice Jonás—. Soy rápido.

El poli está plantado en la puerta. No sostiene ningún arma, y ni Jonás ni Fredo parecen sorprendidos al verlo.

Me estoy perdiendo algo.

—No —dice el poli a Jonás—. Acabemos con esto.

Ahora sé por qué estaban tranquilos. Todo cuadra. Los milagros no existen.

# CUARTA PARTE

*Supongo que te echo de menos,
supongo que te perdono.
Me alegro de que te cruzaras en mi camino.*

LEONARD COHEN,
*Famous Blue Raincoat*

En la cubierta del barco hace frío. El viento sopla con fuerza. Hemos dejado atrás Vigo y estaremos a tres o cuatro kilómetros de las islas Cíes.

Fredo y King Kong, al que hacía tiempo que no veía, están atando a los tobillos de Silvia unos sacos que parecen bastante pesados.

No hace falta ser muy listo para imaginarse por qué.

Le debe de haber tocado el primer turno en el torneo de descenso sin bombona.

Espero que nos disparen antes. Algo rápido e indoloro. No me apetece morir ahogado. De hecho, no me apetece morir, pero, como veo que no hay alternativa, que sea sin sufrimiento, por favor.

El poli y Jonás están hablando. No oigo lo que dicen, pero lo que sí parece claro es que el inspector es el que da las órdenes.

Me resisto a lo inevitable e intento concentrarme en alguna posible salida diferente a la muerte. Aunque nos tiren vivos al agua, no tenemos ninguna posibilidad. Las Cíes estarán como mucho a cuatro kilómetros, distancia que podría hacer incluso en mis actuales condiciones; pero, con la temperatura a la que debe de estar el agua ahora mismo, dudo mucho de que pudiera llegar ni a la mitad del recorrido. Además, mis entrenamientos de natación no me van a servir de nada con las manos atadas a la espalda y con pesados sacos colgando de los tobillos.

—Inspector de policía... —digo en alto—. Qué idiotas somos.

El tipo me mira.

—No te fustigues. Esa parte era cierta. Pero tengo una mujer con gustos muy caros.

—Entiendo que somos un problema —admito—. Pero tendremos la boca cerrada si nos dejáis vivir.

Qué tozudo es el ser humano en la lucha por la supervivencia. Está todo perdido y aun así trata de aferrarse a la vida.

—Cállate, idiota —dice Jonás.

Me la juego.

—Ya sé que el gordo no tiene honor, pero tú no pareces esa clase de persona.

A Jonás no le gusta mi comentario, y me va a hacer daño. El poli lo para.

—En eso tienes razón, chico —dice.

—Cuidado, payo —dice Jonás, encarándose con él.

El poli lo mira fijamente y Jonás acaba apartando la vista. Está muy claro quién manda.

—Tengo honor —me dice—, pero no soy idiota. Tenéis que morir. El juego es así.

El tipo tiene una mirada seca, que nace en un rostro curtido. Lo que más me llama la atención, ahora que me fijo en él, es su poderosa presencia física. No es el volumen, sino lo que se intuye.

Sin embargo, no se me ocurre nada mejor. Subo la apuesta.

—Si de verdad tienes honor, dame una oportunidad —digo—. Pelea conmigo. Si me salvo, nos dejas vivir.

En un primer momento todos me miran sorprendidos, como si acabaran de caer en la cuenta de que estoy mal de la cabeza. Después Fredo y King Kong se ríen. Jonás sigue serio, ofendido todavía por la humillación pública a la que lo ha sometido su colega.

Está claro que veo demasiada televisión. Juicio por combate, para que la divinidad decida si merezco la muerte o no. Cortesía de *Juego de tronos*. Tyrion Lannister, el gnomo, se salvó así de una muerte segura, aunque el muy cabrón tuvo la fortuna de que alguien se ofreció a luchar por él. Yo tendría que pelear solo, y si de algo estoy seguro es de que este tipo me destrozaría.

Y él lo sabe de sobra. Por eso va a aceptar.

—¿Estás seguro de que quieres eso? —me pregunta.

No estoy seguro en absoluto. No obstante, una idea ronda mi cabeza.

Asiento.

—Desatadlo —ordena.

Silvia ya está preparada para la inmersión. Según me ha dicho el inspector mientras me desataban, en cuanto acabemos de pelear y yo muerda el polvo, le dispararán y la enviarán al fondo del océano. Después harán lo mismo conmigo.

—Si te gano, claro —añade después.

En todo caso, para demostrarme que va en serio, explica a los demás la situación.

—Si el chico gana, volvemos y los soltamos.

Los demás asienten divertidos. Saben de sobra que el chico no va a ganar.

—Y vosotros dos nunca diréis nada sobre esto.

Ahora asentimos Silvia y yo, aunque no sonreímos.

No estoy seguro de que esté hablando en serio, de que estuviera dispuesto a liberarnos en el caso de que fuera él el que mordiera el polvo, solo por su honor. En todo caso, da igual. Está seguro de que no hay ninguna posibilidad de que yo le gane. Y es evidente que no la hay, pero, ya que estamos, voy a intentarlo.

Lo intento durante diez segundos, que es el tiempo que me lleva acercarme a él, lanzar un puñetazo con el que noqueo a una gran cantidad de microorganismos que flotan en el aire y sentir un terrible dolor cuando un puño de acero golpea mi abdomen, dejándome sin respiración.

La verdadera pelea es la que libro en los instantes que siguen al golpe, para conseguir que algo de oxígeno llegue a mis encogidos pulmones. Me parece oír algunas risas, aunque puede que sean alucinaciones, el puñetazo me ha dejado de rodillas y sin contacto con el mundo. Lo único que puedo hacer es intentar no morirme asfixiado.

Cuando consigo que el tráfico de oxígeno se restablezca en mi cuerpo, veo que todos me han dado la espalda y se centran en Silvia.

Hasta ahora mi plan va más o menos según lo previsto. Tengo las manos libres, y no me ha dejado inconsciente, que era el mayor peligro, aunque casi no me puedo mover a causa del golpe. Necesito algo de tiempo.

Tiempo que no tengo.

—Ahora —dice el poli.

Es Fredo el que saca la pistola y apunta con ella a la cabeza de Silvia.

Fredo Corleone.

La visión de Fredo en la proa me ayuda a visualizar una nueva versión del plan. Una versión más poética. Un homenaje a *El Padrino*.

No soy Al Neri, ni siquiera tengo pistola, y esto no es el jodido lago Tahoe, pero los pensamientos se agolpan rápido en mi cabeza, tanto que dudo de que sea yo su responsable.

Tengo que hacerlo. Ahora.

Pero todavía no he recuperado suficiente aire. Y Fredo va a disparar ya.

—¡Fredo! —intento gritar, pero mi voz sale tan ronca y grave que Fredo me mira como si el fantasma de su padre lo estuviera llamando.

No soy don Vito, Fredo. No soy papá.

—¿No rezas el Ave María? —pregunto.

Fredo mira alucinado a Jonás y al inspector, que le hace un gesto indicándole que me ignore.

—Chico —me dice el inspector—, es suficiente. Rezar no le va a servir de nada. Esto se acabó.

—No lo digo por ella —contesto.

Ahora todos me miran. Veo a Silvia, y su mirada me parece todavía más alucinada.

¿Qué demonios estoy haciendo?

—¿A nadie le gusta el cine aquí? Como en la película, joder —digo.

Creo que ya estoy preparado.

—En la segunda parte de *El Padrino* —continúo—: Fredo está rezando el Ave María, justo antes de morir.

Me levanto y recorro los cinco metros que me separan de Fredo como si fuera a hacer un ensayo que decidiera la Super Bowl.

Nadie tiene tiempo para reaccionar. El único que tiene la pistola en la mano es Fredo, y tarda unos preciosos segundos en entender lo que voy a hacer.

Me tiro hacia él sin frenar la carrera, lo abrazo con fuerza y los dos caemos al mar.

No suelto a mi presa. Tengo a Fredo agarrado por la cintura, de lado. Patalea e intenta zafarse dándome algún golpe con el antebrazo, lo cual provoca que nos hundamos. No hago nada por evitarlo, sino que me acerco más a él para que los impactos no tengan impulso, poder apretarlo con fuerza y esperar.

Podría soltarlo y bucear unos metros para alejarme

del barco, ya que ahora mismo Fredo no representa ningún peligro para mí. Pero quiero matarlo.

Está muy nervioso, no creo que tarde mucho en dejar de respirar, mientras a mí aún me queda margen.

El agua del mar que hay encima de nuestras cabezas amortigua el sonido de los gritos que llegan desde el barco.

Disparos.

Parece que no les importa demasiado que su colega pueda salir mal parado. No nos ven, disparan sin diana, y por tanto guardo la calma.

Fredo ya está más tranquilo.

Lo suelto, y su cuerpo sube despacio hasta la superficie.

Utilizo el poco aire que me queda para alejarme, y así ponérselo difícil a los francotiradores. En el barco deben de haber visto un cuerpo, porque oigo más gritos, y disparos.

Disparan a un muerto.

Salgo a la superficie y respiro. Se me va un poco la cabeza, pero consigo no perder la consciencia. Miro hacia el barco.

King Kong tiene una barra en la mano con la que intenta mover el cuerpo que flota sobre el mar y descubrir quién es, cosa que no tardan mucho en hacer.

No les gusta nada el descubrimiento.

Jonás se pone como loco y grita algo sobre el culpable de esto, por haberme desatado. El inspector no hace caso y me busca.

Antes de que me encuentre, relleno el depósito de oxígeno y vuelvo a bucear para alejarme más.

Estoy suficientemente lejos del barco para poder sacar la cabeza sin miedo a que me vean. Es ahora cuando empiezo a sentir el frío. Aunque podría ser peor, teniendo en cuenta que incluso en verano la temperatura del agua es muy baja por aquí. Eso sí, está lo bastante fría como para que una hipotermia sea mi mayor preocupación. Además, mi deplorable estado físico no creo que ayude mucho.

Sin embargo, no todo es negativo, en el lado bueno de la balanza hay que poner la luz de una enorme luna llena que permite que la orientación sea más fácil. Si consigo mantener una temperatura corporal adecuada, los cuatro kilómetros que me separan de la isla de Faro no serán un gran problema. Las Cíes forman un pequeño archipiélago de tres islas, muy cercanas las unas a las otras. La de Faro es la central, la más grande de las tres, y en la que está la playa de Rodas.

Durante los meses de verano, en esa isla hay un camping muy concurrido y tres o cuatro bares y restaurantes abiertos. En invierno todo cierra, y los ferris que llevan pasajeros desde la costa hacen un parón hasta el verano siguiente. La única forma de ir a la isla es en tu propio barco. No tengo ni la más remota idea de lo que me voy a encontrar si llego. Puede que haya alguien viviendo allí, ocupándose del cuidado de la isla en invierno, así podré llamar a la policía; o puede que no haya nadie, y en ese caso la cosa se complica.

Ya me preocuparé de eso si tengo ocasión. Ir hacia Vigo sería un suicidio, ya que habrá cerca de diez kilómetros. De noche, en invierno, en mi estado actual y sin neopreno, ni David Meca llegaría.

Comienzo a nadar, pero la ropa me molesta, y decido quitarme todo menos los calzoncillos. De todas formas, no me iba a servir de mucho.

Avanzo solo doscientos metros y la temperatura del agua empieza a ser un problema. Me duele la cabeza, y tengo entumecidos los dedos de los pies, así que decido incrementar la velocidad, a ver si consigo entrar en calor. A este ritmo no voy a resistir mucho, pero ahora lo importante es evitar el frío. Si se me mete dentro a estas alturas, con una hora por delante como poco, estoy muerto.

¿Qué coño estará pasando en el barco?

Imagino que pensarán que si no estoy muerto pronto lo estaré. Aun así, supongo que no dejarán de buscarme tan fácilmente.

Supongo. Porque el barco ya está fuera de mi campo de visión.

De todas formas, si me buscan es buena señal. Tengo la esperanza de que no maten a Silvia. Al menos, mientras alberguen la duda de que yo esté vivo, ya que, en ese caso, matarla lo único que haría sería empeorar su situación. Hasta ahora pueden acusarlos de muchas cosas, pero no de asesinato.

He bajado un poco el ritmo, pero sigo nadando rápido. Habré recorrido la mitad de la distancia y físicamente estoy mejor de lo que esperaba. Lo malo es que el frío vuelve a la carga, las fuerzas comienzan a flaquear y me queda todavía una media hora.

El entumecimiento de pies y manos va en aumento y siento algún ligero escalofrío. Empiezo a agobiarme y tengo la sensación de que no avanzo, de que estoy anclado y permanezco a la misma distancia de la isla haga el esfuerzo que haga. Con los nervios, la fatiga y el frío, el ritmo cardíaco aumenta de manera exagerada. Siento los latidos de mi corazón sonar con una tremenda insistencia, y fantaseo con arrancármelo para poder estar en silencio.

Pierdo por momentos la conciencia de lo que está pasando. Es todo muy extraño, puede que sea un sueño después de todo. Debería dejar de luchar, y esperar a despertar en la cama tranquilamente. Me paro.

Silencio solo roto por el suave silbido de un ligerísimo viento.

Mar en calma y una perfecta luz de luna.

Nada a mi alrededor. Solo las imponentes islas, a las que ya no creo que vaya. Estarán a un kilómetro, pero ¿cómo voy a llegar si no estoy seguro de estar avanzando?, ¿o son las islas las que se están moviendo, alejándose de mí?

Debería dormir. Porque estoy cansado.
Debería descansar. Porque tengo sueño.

Suena una guitarra.
Una cálida voz susurra, y me envuelve.
Ya no tengo frío.

*It's four in the morning, the end of December*
*I'm writing you now just to see if you're better.*

Mientras Leonard Cohen canta para mí, veo a Noa en las iluminadas aguas. Tiene los ojos abiertos y me devuelve la mirada, pero es una mirada inexpresiva. Al fin y al cabo, está muerta. No le debe de resultar fácil mirar de otra forma. ¿Tendrá frío? ¿O la voz de Cohen la envolverá también a ella?
Noa.
Tienes puesta mi gabardina azul.
Lo siento, Noa.
No has podido vivir para dejarlo.
Mi padre tampoco pudo.
Y yo quiero dormir, Noa. La vida no es para nosotros.

*And Jane came back with a lock of your hair*
*She said that you gave it to her*
*The night that you planned to go clear*
*Sincerely, L. Cohen.*

Cuando deja de sonar *Famous Blue Raincoat*, Noa desaparece, y vuelve el frío, pero ya no es como antes. Es peor.

Recuerdo la Oración de la Serenidad, que se repite como un mantra al final de todas las reuniones de Alcohólicos Anónimos:

Dios, concédeme serenidad para aceptar las cosas que no puedo cambiar, valor para cambiar aquellas que puedo y sabiduría para reconocer la diferencia.

No creo en Dios. Es más, Dios se puede ir a tomar por culo.

No tengo esa jodida sabiduría que hace falta para reconocer la diferencia, y no sé si puedo cambiar esta maldita situación o si debería aceptarla, dejar de luchar, y dejar de sufrir de paso.

No obstante, vuelvo a nadar con toda la fuerza que me permiten los temblores y escalofríos que sacuden mi cuerpo.

¿Habrá sido un error dejar Alcohólicos Anónimos? Al leer libros sobre adicciones te das cuenta de que hay un aspecto en el que todos, o la mayoría de los expertos y terapeutas, suelen estar de acuerdo: la importancia de una terapia de grupo a largo plazo. Y la terapia de grupo más extendida, y la más barata, es la de Alcohólicos Anónimos.

Antes de ir a mi primera reunión, lo que yo sabía de esta comunidad era lo que había visto y leído en el cine y las novelas americanas. Reuniones con bastante gente en iglesias, en las que alguien sube al púlpito y comparte su experiencia, padrinos...

Llamé por teléfono y quedé con un tipo media hora antes de la reunión para que me diera una charla informativa.

«Joder —pensaba—, a ver a qué friki me voy a encontrar.»

Estábamos sentados en un banco, a la puerta de una iglesia, y empezó a darme la charla: que si esto era una enfermedad, que si nuestra mente era muy compleja, que Alcohólicos Anónimos fue fundada por el doctor Bob y por Bill hacía setenta años... Algunos de sus comentarios eran obviedades, cosas que hacía tiempo que yo ya sabía; otros eran directamente estupideces.

Mierda, yo estaba más preocupado de mirar a un lado y a otro, para comprobar que ningún conocido me viera allí, que de atender al capullo, que encima no se cortaba un pelo y hablaba bastante alto.

La reunión no era en absoluto como lo que yo había visto en las películas. Éramos unas diez personas, en una sala pequeña, y nos sentábamos alrededor de una mesa.

Siempre empiezan con unas lecturas, y algunas se repiten siempre, lo que tiene un importante tufo a misa. Por ejemplo, la lectura de los Doce Pasos, que fueron ideados por los fundadores de Alcohólicos Anónimos como base del programa de recuperación.

Con el primero no tengo ningún problema: «Admitimos que éramos impotentes con el alcohol y que nuestras vidas se habían vuelto ingobernables.»

El segundo ya me toca las narices: «Llegamos a creer que un poder superior a nosotros mismos podría devolvernos el sano juicio.»

No me jodas, Bill.

El tercero me da ganas de mandarlos a todos a la mierda e irme a beber: «Decidimos poner nuestras voluntades y nuestras vidas al cuidado de Dios, tal como nosotros lo concebimos.»

Solamente un pequeño problema: yo no concibo a Dios de ninguna forma.

Las contradicciones de toda esta pseudoteoría son flagrantes. Consideran el alcoholismo como una enfermedad, pero debe de ser una enfermedad muy especial, porque es la única que en su tratamiento incluye a Dios. Eso sí, tienen el detalle de no imponer un determinado modelo de Dios, sino que es tal y como cada uno lo concibe. Si tú concibes a Dios como un puercoespín, pues también vale, joder.

Una de las primeras veces que compartí, puse de manifiesto mi disconformidad con esta cuestión, argumentando que había muchos pacientes de cáncer y otras enfermedades devastadoras, personas que de verdad tienen mucha fe en un poder superior y que se ponen en sus manos, obteniendo como respuesta divina una dolorosa decadencia física y mental que las conduce a una muerte terrible e indigna.

Por lo tanto que nadie me venga con paparruchas de Dios.

Después de una serie de reuniones decidí no volver por

allí, ya que pensaba que si un grupo de tarados que creen que un poder superior a sí mismos los guiará en el camino de su recuperación era la solución a mis problemas es que debía de estar mal de la cabeza. Pero la innegable realidad es que Alcohólicos Anónimos ha ayudado a mucha gente en todo el mundo, reconocidos expertos lo recomiendan y diversos estudios parecen indicar que su eficacia es igual o mayor que la del tratamiento médico.

A mucha gente que cree, o consigue creer, en un Poder Superior, es posible que ese engañabobos la ayude; pero, para los que no creen en esa mierda, la eficacia proviene de la terapia grupal, que es lo que queda si podamos los aspectos religiosos.

O eso es lo que yo pienso. Aunque, ¿qué más da lo que yo piense? ¿Quién soy yo?

Solo un tipo a punto de morir.


Levanto la cabeza y veo la arena de la playa de Rodas a cincuenta metros. La sensación de frío es ya intolerable, y algunos músculos de mi cuerpo hacen movimientos que yo no he ordenado.

Pero queda poco.

Nado los últimos cincuenta metros lo más rápido que puede un adulto sin dormir con principios de hipotermia, y al llegar a la arena e intentar ponerme en pie tengo un estremecimiento muy violento, se me va la cabeza y me voy al suelo. Pero no llego a perder la consciencia, consigo frenar la caída apoyando las manos.

Frío.

Necesito hacer algo para entrar en calor, porque esto tiene muy mala pinta. No siento manos ni pies, y estoy perdiendo poco a poco el control de mi cuerpo.

Qué pena no haber traído la toalla para tirarme a disfrutar de la agradable temperatura de una noche de invierno en la mejor playa del mundo, según un periódico inglés que hace unos años le otorgó ese título.

Me pongo de pie venciendo la rigidez de mis músculos y trato de hacerme una idea de la situación.

La playa tiene aproximadamente un kilómetro, puede que algo más, y yo estoy en la parte sur. Al otro lado, en la parte norte, está el dique adonde llegan los barcos en verano. Desde aquí no distingo prácticamente nada, pero sé, por otras veces que he venido, que hay un bar justo detrás del dique.

En caso de que la isla esté desierta, siempre puedo intentar forzar la entrada, y rezar para encontrar un teléfono fijo.

Decido ir hasta allí trotando para ver si consigo entrar en calor y así evitar morirme de hipotermia.

No es fácil correr con los músculos agarrotados y sin sensibilidad en los pies, pero, tras varios amagos de irme al suelo durante los primeros metros, soy capaz de mantener un trote mínimamente estable. Como la intensidad del ejercicio no llega para entrar en calor, pongo toda la carne en el asador y corro a la máxima velocidad que me permite mi maltrecha y descoordinada musculatura, incrementando la velocidad cada poco.

Esto hace que se me suba el gemelo izquierdo, lo cual me provoca un agudo dolor, aunque mientras no me caiga pienso seguir corriendo.

Corre, Forrest, corre.

El bar es un edificio rectangular de una planta, de piedra gris, al que se accede desde la playa por unas escaleras. Está cerrado, y no hay signos de vida humana en los alrededores. Nada que indique que puede haber alguien cerca. En la fachada principal, donde está la puerta de entrada, hay varias ventanas sin persianas ni cortinas. Me asomo para mirar dentro, pero solo veo oscuridad.

La buena noticia es que puedo romper algún cristal y entrar en el bar.

Busco algún objeto contundente, y lo mejor que encuentro es una piedra del tamaño de un melón.

No llego a lanzarla contra la ventana, porque cuando me dispongo a hacerlo se encienden las luces.

El tipo que abre la puerta no parece muy sorprendido al ver a un desconocido vestido únicamente con unos calzoncillos empapados y tiritando espasmódicamente.

Es un hombre de edad avanzada, que si no tiene ya los setenta se esfuerza mucho en aparentarlos, con una piel dura y oscura de la que salen púas blancas de dos o tres días, y unas cejas del mismo color muy bien pobladas.

A mí me parece un ángel.

El ángel viejo.

Me dan ganas de abrazarlo y ponerme a llorar en su

hombro, pero no lo hago. En cambio, le cuento la historia de manera resumida mientras me mira con una expresión cansada.

Mientras, se fuma un pitillo y me hace pasar a su humilde morada. Entra delante de mí, y veo como arrastra la pierna derecha. No es una simple cojera. La pierna va rígida y no hace el lógico movimiento de flexión de rodilla.

A lo mejor el ángel es un antiguo pirata que vive un retiro dorado en una isla desierta. ¿Dónde mejor?

El ángel Pata de Palo me ofrece un par de viejas mantas raídas que tiene en una especie de almacén tapando parte de la mercancía que ha quedado del verano.

Me quito los calzoncillos, me seco a conciencia pelo y piel, y anudo una de las mantas a la cintura para que me caiga a modo de falda. Con la otra improviso un chal.

—¿Quieres algo caliente?, ¿un café? —dice el viejo mientras enciende otro pitillo con la colilla del anterior.

Es la frase más larga que ha dicho desde que me ha abierto la puerta.

Un café.

Estamos en un bar.

El ángel me ha abierto las puertas del cielo. Y del infierno.

Se me ocurren bastantes cosas que tomar antes que un café de mierda.

Por fin puedo beber.

—Preferiría algo con alcohol —digo—. Pero antes tengo que llamar a la policía.

—Eso no va a poder ser.

—¿Qué quiere decir?
—Mi teléfono no funciona.
—Habrá algún teléfono en toda la isla. En el camping, por ejemplo.
—No hay línea en invierno.
Venga ya. No me jodas.
—Pero tenemos que hacer algo.
—Mañana podemos salir hacia Vigo.
—Tenemos que ir ahora. Van a matar a la chica, si no lo han hecho ya.
—Es de noche. No podemos ir. Mañana.
—Joder, no hay tiempo. Además, es muy probable que vengan aquí. Pensarán que es el único sitio al que he podido llegar con vida.

El viejo enciende su tercer pitillo con la colilla del segundo. ¿Será un bucle infinito? No recuerdo haberlo visto encender el primero. Debe de ser un fastidio tener que usar mechero.

—Te esconderé. Dormirás y mañana iremos.

De momento lo que voy a hacer es ir al baño. Hasta ahora me había pasado desapercibido por la tensión, pero tengo la vejiga a punto de explotar.

—Puedes mear fuera si quieres. La cisterna no funciona.

Mi pregunta es: ¿funciona algo?

—Gracias, preferiría no salir ahora que estoy entrando en calor. Solo voy a mear. Procuraré no manchar.

Hay que joderse con el viejo. Las ganas de abrazarlo se me están quitando.

El tipo responde con un gruñido y hace un gesto con el que entiendo que quiere indicarme dónde está el servicio.

Siguiendo esa indicación voy hasta un extremo de la barra y giro por un estrecho pasillo, al final del cual veo dos puertas con los típicos jeroglíficos que tienes que resolver para decidir cuál es la buena.

Pero no llego al final.

A mitad de pasillo hay, incrustado en la pared, un teléfono de caja, de los que antes había en casi todos los bares y que han ido desapareciendo debido a la proliferación del móvil.

Descuelgo el teléfono.

Hay línea.

Me doy media vuelta y me encuentro con un viejo cojo apuntándome con una escopeta.

Lo que faltaba.

El tipo está a dos metros, no parece estar nada contento.

Posiblemente se haya cabreado porque se ha visto en la tesitura de tener que dejar el cigarro para coger la escopeta con ambas manos.

Se me vienen tres palabras a la cabeza con insistencia: «Hijo de puta.»

Me estoy acostumbrando a la acción porque no dudo respecto a lo que tengo que hacer.

Levanto las manos muy despacio.

—Vale, vale. Está bien.

En cuanto huelo un resquicio de confianza en el ángel pirata me tiro en picado contra sus piernas, la normal y la de palo.

No llega ni a disparar, sus reflejos habrán vivido momentos mejores.

Le golpeo las piernas con tanta violencia que el viejo queda suspendido en el aire. La escopeta se le escapa de las manos y cae unas décimas de segundo antes que él. No me resulta complicado levantarme y cogerla sin que el viejo pueda hacer nada. De hecho, ni lo intenta. Se ha golpeado la cara y se duele también de la cadera.

Recuerdo que mi madre siempre dice que las caídas a cierta edad son muy malas.

Dejo la escopeta y me acerco al viejo y herido animal. Le levanto la cabeza tirándole de los pelos y le doy un buen golpe en la cara con la mano abierta. Luego dejo de tirar y la cabeza cae golpeándose de nuevo contra el suelo.

—Explícame lo que está pasando —digo.

—Vete a tomar por el culo.

Es hora de jugar una partida de póquer. Tengo una mala mano de dobles parejas y la única posibilidad de ganar es echarme un buen farol.

—Viejo, no sabes con quién estás jugando, ¿verdad? Cuéntamelo todo y vivirás lo poco que te queda; no me cuentes nada y vivirás aún menos, pero soportando un terrible dolor.

El viejo gruñe.

Lo giro un poco y lo dejo recostado contra la pared.

—¿Quieres fumar?

Asiente.

—Puedes —digo.

—El mechero está en la barra.

Cojo la escopeta, por si acaso, y voy a por el mechero. Cuando llego de vuelta, el viejo ya tiene el cigarro en la boca.

Se lo enciendo.

—Cuéntame, ¿los conoces? Cuando salté al agua te llamaron por si conseguía llegar a la isla. Y ya los has avisado, claro.

No contesta.

Cojo el cigarro de sus labios, le doy la vuelta y se lo vuelvo a poner en la boca.

El cigarro no es reversible.

El tipo grita y sacude la cabeza, pero solo consigue que la quemadura abarque un espacio más grande.

Voy a hacer lo que tenga que hacer.

—Hijo de puta —dice.

—Esto no es nada, viejo. Ahora voy a coger un cuchillo y te voy a cortar uno a uno todos los dedos de las manos. Si todavía no has hablado cuando acabe con ellos, adivina lo que vendrá después.

Y me doy cuenta de que no es un farol. Lo voy a hacer si consigo no desmayarme al ver la sangre y oír el crujir de carne y hueso. Al menos voy a seguir con el farol hasta que haya cortado uno o dos dedos.

Pero no va a hacer falta.

Cuando me acerco con un enorme cuchillo, que he cogido de detrás de la barra, decide que es el momento de hablar.

El viejo pirata lleva cuarenta años viviendo en la isla.

Antes había otras personas, pero hace ya tiempo que es el único habitante.

En verano abre el bar, y en invierno se limita a fumar y a realizar algunas pequeñas tareas de mantenimiento.

Me dice que no conoce mucho a mis amigos del barco. Sabe que a ellos les viene muy bien tenerlo a sueldo, pues está en un enclave privilegiado. Simplemente tiene que hacer la vista gorda en algún momento, guardar mercancía, dar cobijo cuando alguna operación así lo exige...

A cambio, vive mucho mejor. Se puede permitir algunos lujos en sus contadas excursiones a la ciudad. Y no hace daño a nadie.

No sabía que quisieran matarme, por supuesto. Le han dicho que yo los había estafado, que solo quieren asustarme un poco.

Y una mierda.

Necesito beber algo, sentarme y elaborar un plan.

Licor café.

Me siento y me pongo una buena copa, con la escopeta a mi lado y sin perder de vista al viejo.

Al fin logro beber. Aunque es lo que llevo intentando todo el día, en cierto modo me siento culpable, como cada vez que bebo después de haber tomado la decisión de dejarlo.

Cuando he acabado la tercera copa empiezo a encontrarme un poco mejor y ya tengo algunas ideas sobre cómo voy a encarar la situación.

Lo primero es hacerme con el móvil del viejo para evitarle la tentación de hacer ninguna tontería. Aunque no creo que me pueda causar muchos problemas, le obligo a quitarse los pantalones y la prótesis.

Ahora es un gusano.

Salgo a ver si hay algún rastro del barco.

De momento, no.

Eso me da algo de tiempo para llevar a cabo mi plan.

Hago dos llamadas desde el móvil del gusano. Ninguna de ellas a la policía.

El viejo escucha las conversaciones. Cuando cuelgo, me dirijo a él.

—Ahora ya sabes lo que voy a hacer —digo—. Nadie tiene por qué salir herido, siempre que colabores. De lo contrario, tus dedos y tus pelotas le van a hacer compañía a tu pierna.

El viejo está callado. Creo que es la primera vez en mi vida que alguien me tiene miedo.

Le explico qué tipo de colaboración se le pide.

Se niega.

—Si les miento me matarán —dice.

—No. Si todo sale bien lo entenderán y nadie saldrá perdiendo.

Siempre y cuando Silvia esté viva, pienso. Si no, todo reventará por los putos aires.

—No los voy a llamar.

No tengo ningunas ganas de hacer lo que voy a hacer. Se me revuelve el estómago cuando cojo el cuchillo y noto como el gusano empieza a ponerse nervioso.

Me bebo de un trago la cuarta copa de licor café.

Y la quinta.

Me acerco a él y le agarro el brazo, pero el tipo se revuelve.

Codazo en la cara.

Ahora se revuelve menos.

Lo engancho de la muñeca y le apoyo la mano en el suelo.

—¿Vas a llamar? —pregunto.

—¡No! ¡Por favor!

—¿Vas a llamar?

No hay respuesta.

Ni tiempo.

Ni meñique.

Que se olvide de volver a chocar los cinco.

El alcohol me facilita mucho las cosas. Consigo hacerlo sin sentir excesiva repulsión.

El gusano se convierte en lobo.

Aúlla.

Voy a por otro dedo. Y se lo hago saber.

Le caen varias lágrimas.

—Dame el teléfono —dice—. Haré la llamada.

Como estoy en plan didáctico, le explico lo que va a pasar si hace alguna tontería.

Creo que lo capta, porque se comporta de una manera exquisita. Le cuenta a Antonio López, inspector corrupto de la policía local de Vigo y asesino a tiempo parcial, que me tiene encerrado en el bar. La noticia se recibe en el barco con regocijo. Como premio le doy al gusano un trapito para cortar la hemorragia, le enciendo un cigarro y le sirvo un whisky doble.

Ahora tengo que tomar algunas precauciones por si acaso algo sale mal. Necesito aprender a manejar la escopeta en tiempo récord. Para ello compruebo que el móvil del gusano tenga conexión a internet y busco en Google mientras me tomo la séptima copa de licor. Empiezo a notar síntomas de embriaguez.

Es una escopeta recortada de la marca Stevens.

Las primeras cosas que aprendo navegando en internet son: que las escopetas recortadas están prohibidas en muchos países; que es un arma muy efectiva en algunas situaciones ya que aúna la capacidad de una escopeta normal con la movilidad que permite el menor tamaño; que este modelo en concreto tiene una potencia considerable, parece que es capaz de tumbar a un caballo con un solo tiro y hacerle un buen agujero; y que he sido bastante inconsciente al lanzarme sobre el viejo cuando me estaba apuntando.

Veo un vídeo en YouTube en el que explican cómo cargar y descargar la escopeta. Compruebo que tengo munición para cinco disparos, y la dejo preparada.

Me siento raro. Las primeras copas de licor mejoraron mis sensaciones. Me notaba cada vez más tranquilo, más capaz de afrontar la situación, más concentrado en los detalles. Pero con esta última estoy empezando a entrar en otro territorio.

Estoy a punto de emborracharme.

Debería dejar de beber.

Espero que lleguen pronto porque si no va a ser difícil que no se me vaya de las manos.

Cojo una mesa de terraza de una pila en la que están amontonadas para que me sirva de blanco. Pretendo probar el arma y cerciorarme de que los estragos que causa son tan serios como dicen. Salgo afuera.

Todavía no hay rastro del barco. El viejo me ha dicho que si no quieren echarse al agua a nadar no les queda otra que atracar en este muelle.

Coloco la mesa y disparo desde tres metros. Aunque agarro la escopeta con firmeza, el cuerpo se me va hacia atrás por el retroceso, me desestabilizo y estoy a punto de caer. El ruido es mayor de lo esperado y mi puntería menor. Acierto a darle a la mesa, en una esquina, pero es suficiente para que salte por los aires con un buen boquete.

Quedan cuatro disparos.

Espero no tener que usarlos.

A lo lejos viene un barco.


Después de meterle un trapo en la boca al gusano y encerrarlo en el almacén, salgo y espero en el lateral del bar que queda fuera del campo de visión al subir desde el dique.

El barco atraca y el motor se apaga.

No sé qué está pasando porque desde aquí solo puedo ver una pequeña parte del barco, la más alejada del muelle.

Oigo unas voces pero no entiendo nada de lo que dicen. A continuación, pasos lentos y pesados. Se acercan.

Entra en plano King Kong, parece que viene solo.

Eso me jode un poco los planes, ya que esperaba sorprenderlos a todos.

Ahora que me fijo bien en él, veo que King Kong es un tipo tan grande como Jonás, pero, a diferencia del Príncipe, a este se le ve fuerte como una roca. Da la sensación de que aguantaría un combate con Mike Tyson. Me sorprende estar vivo después de haber recibido dos golpes de ese cuerpo.

Pego la espalda contra la pared para que no me vea y espero a que el sonido de las pisadas me indique que ha dejado atrás el último escalón.

Cuando salgo con mi nuevo uniforme, haciendo una aparición digna de *OK Corral*, la cara de King Kong pasa en unas décimas de segundo de sufrido chico de los recados que carga con el trabajo rutinario a jodido chico de los recados al que le van a volar la cabeza.

—Como hagas o digas algo, te voy a hacer un agujero por el que cabrá tu jefe el gitano.

King Kong va justo delante, con el cañón de la escopeta rozándole la espalda.

El tipo es tan grande que podemos acercarnos a unos diez metros del barco sin que el policía y el Príncipe noten mi presencia tras su espalda.

Ambos están en cubierta, pero el inspector salta al muelle en cuanto percibe la llegada del gorila.

—¿Y el chico? —dice el inspector.

El chico sale como por arte de magia del culo de King Kong y apunta al inspector con una recortada de doce milímetros.

—Si cualquiera de los tres hace algo que no me guste —le digo al inspector—, tú eres el primero en morir.

Llevo las frases estudiadas para no quedarme en blanco y parecer superado por la situación. El licor café me da seguridad, aunque no sé si eso es bueno.

Como a alguien se le ocurra sacar una pistola o tirarse a por mí, se me va a caer la careta de tipo duro. Es posible que sea capaz de llevarme a uno de ellos por delante, pero si deciden que comiencen los fuegos artificiales estoy muerto.

Confío en su miedo.

—Chico —dice el inspector—, ¿estás seguro de que sabes usar eso?

Buena pregunta.

Me alejo un poco de King Kong y me acerco a ellos.

—Estoy seguro de que la primera vez que apriete el gatillo vas a reventar como una piñata, y la segunda —digo mirando a Jonás— ya sabes para quién va. Contigo es difícil fallar.

Jonás no dice nada, parece preocupado. El inspector, sin embargo, está tranquilo.

—Vale, hablemos —dice.

—No, yo voy a hablar. Tú solo vas a escuchar.

—Escucho.

—¿Silvia está viva?

—Sí.

—He hecho dos llamadas. Si me pasa algo, a mí o a ella, lo primero que harán las personas a las que he llamado es ir a la policía a contarlo todo. Si no me crees, el viejo lo confirmará.

La cara del inspector se tensa, aunque pretende que no se le note.

—La buena noticia —continúo— es que, si Silvia sale de ese barco viva y os vais, nos quedaremos callados y vuestro culo estará a salvo.

—¿Cómo sé que la chica no hablará? —pregunta el inspector.

—Yo la convenceré. A todos nos interesa.

—De acuerdo —dice—. Pero si se os ocurre hablar, aunque esté en la cárcel, enviaré a alguien para que se ocupe de vosotros.

Mira a Jonás.

—Tenemos que darle a la chica.

—Pero... —dice Jonás.

—No hay otra opción. El chico ha sido listo.

Espero que a ningún iluminado se le ocurra estropear las cosas.

—Jonás, coge a la chica en brazos y tráela —ordena el inspector.

—¿En brazos? —digo—. Que no la toque, que salga sola.

—Chico —dice el inspector—, verás... No va a poder salir sola.

Jonás entra en el habitáculo cubierto del barco.

«No va a poder salir sola.» Me estoy perdiendo algo.

—No entiendo —digo—. ¿Silvia está bien?
—Está viva, chico.
Esto no me gusta.
—¿Qué le habéis hecho?
Jonás sale del barco con Silvia en brazos. Está inmóvil. A medida que se acercan huelo el desastre.
—Está viva, chico —dice el inspector—. Se pondrá bien.
—Qué habéis hecho...
—Se lo has hecho tú —dice el inspector—. Yo te traté con respeto. No dejé que la tocara, te di la oportunidad de salvaros, ¿qué más querías? Tú no has tenido honor, te escapaste. ¿Cómo iba a evitar que Jonás lo hiciera esta vez? Me lo has impedido con tu comportamiento.
—¿Qué hago con esto? —pregunta Jonás.
—Déjala a los pies del chico.
Eso hace. Está destrozada. Su cara es el doble de grande de lo que era, y la mitad está llena de rasguños. Uno de sus ojos ya no es un ojo sino una pelota de tenis negra. Con el otro, casi completamente cerrado, me mira y adivino un gesto de reconocimiento, acompañado por un leve movimiento de labio con el que pretende imitar una sonrisa.

La camiseta está completamente desgarrada, y el pantalón, que deja al descubierto sus blancas bragas llenas de sangre, no consigue cerrar.
—¿Qué te han hecho, Silvia?
Silvia no contesta.
—Se resistió —dice Jonás—. No tenía por qué ser así, payo.

Todo esto es por mi culpa.

Si me hubiera ido para casa a dormir después del sexto vino, Noa estaría viva y Silvia no habría sido violada y machacada por este animal.

De buena gana me tomaría otra copa.

Y me pondría un par de buenas rayas.

Joder, qué enfermo estoy. Haría bien en volarme la cabeza.

Miro a Silvia. Miro al inspector, y a Jonás, que ha retrocedido hasta ponerse a su altura. Miro a King Kong, cuya cara es tan expresiva como la de Ben Affleck.

—Tú —le digo a King Kong—, aléjate. Por la playa.

King Kong mira a Jonás. Jonás mira al inspector.

—Chico —dice—. Hemos llegado a un acuerdo, ¿no?

—Que se aleje. Solo quiero tiempo para irme con Silvia.

Mentira. Quiero otra cosa.

—Aquí el que no suele cumplir los tratos eres tú —dice el inspector.

—¡Que se aleje, hostia! Y vosotros dos no os mováis hasta que hayamos llegado al bar. Luego os metéis los tres en el barco y no volvemos a vernos.

—Ya has oído al chico —dice el inspector a King Kong—. Muévete.

Este obedece, baja las escaleras y hunde sus pies en la arena.

La escopeta apunta al pecho del inspector.

Aprieto el gatillo.

No sé si debido al licor café, a mi inexperiencia con las

armas o a ambas cosas el disparo se desvía y la bala acaba impactando en la pierna. La rodilla le revienta.

Jonás corre hacia mí.

Disparo justo antes de que llegue.

La escopeta se me escapa de las manos con el choque, y la bestia me tira al suelo y me cae encima, mientras sus vísceras salen del cuerpo esparciéndose alrededor.

Con el cadáver de Jonás sobre mí, intento alargar el brazo para coger la escopeta, pero está demasiado lejos. El inspector sin rodilla debe de tener la misma idea, porque se arrastra también hacia el arma.

Silvia sigue inmóvil en el suelo. Intento zafarme del enorme cuerpo de Jonás, pero no es fácil, y cuando lo hago el inspector acaba de coger la escopeta.

Me levanto antes de que tenga tiempo para apuntar, y le piso con violencia el codo del brazo con el que la sujeta. Emite un quejido de dolor y abre los dedos de la mano.

Agarro la escopeta y le apunto.

—Cuidado —dice Silvia con un hilillo de voz.

King Kong ha regresado. Viene sin resuello después de haber subido otra vez las escaleras a toda leche. Giro el arma.

—Quieto —digo—. Vuelve a bajar.

Ahora sí que me parece ver una ligerísima expresión de fastidio en su inexpresivo rostro.

—No —dice el inspector desde el suelo—. Intenta quitarle el arma. No sabe utilizarla.

Me queda un disparo. Si King Kong decide hacer caso

al inspector, no puedo fallar. Pero no parece tener demasiadas ganas.

—Baja a la playa —digo—. Te doy mi palabra de que vivirás.

Da la vuelta y baja.

—¡No! —grita el inspector.

Pero King Kong ya está en la playa.

—Vale, chico, Jonás ya está muerto. Él fue el que se ensañó con ella. No pude hacer nada para evitarlo.

Un disparo. Me queda un disparo.

—Chico, sigamos con el trato. Sin rencores.

Apunto a la cabeza.

—Chico, venga. Me vas a disparar a sangre fría. Tirado en el suelo como estoy. Tú no eres así.

Apuesta. Acerco todo lo que puedo el cañón del arma a su cabeza.

A sangre fría.

Aprieto el gatillo.

La cabeza salta por los aires.

Saco el teléfono del viejo de mi bolsillo y llamo a la policía.

No van a tardar mucho, al parecer.

Silvia no puede caminar y quiero tener controlado al gran simio, que sigue en la playa; no sabe que la escopeta está descargada. Así que no me voy a mover. Tendremos que aguantar un poco más el frío.

Busco tabaco en los bolsillos del policía. Bingo.

Enciendo un pitillo, me siento, apoyo en mi regazo la cabeza de Silvia y espero a que lleguen.

# EPÍLOGO

*Son las cuatro de la mañana, finales de diciembre.*
*Ahora mismo te estoy escribiendo,*
*para saber si estás bien.*

L<small>EONARD</small> C<small>OHEN</small>,
*Famous Blue Raincoat*

—Hola, me llamo Roberto, soy alcohólico y llevo siete meses sin beber.

—Hola, Roberto —dicen a coro varias voces.

—No tengo muchas ganas de hablar. Estoy cansado, apenas he dormido. Acabo de llegar de Madrid. Ayer fue el funeral de la madre de Silvia. Al final ha vivido más de lo que decían los médicos. Pero el último mes ha sido horrible. Silvia estaba deshecha.

Se me removió todo por dentro, fue como vivir de nuevo aquel infierno. Supongo que es una herida que tardará mucho en cerrar, si es que llega a hacerlo alguna vez. Pero me agarro a que quizá sirva para algo. Espero que esta vez... En fin...

A veces los tirones son tan grandes que me atemorizan.

Venía en el tren, cansado, sin dormir, después de todas esas emociones, y de repente me vi pensando en ir al bar. Pude controlarlo a duras penas.

El caso es que... No he bebido.

# APÉNDICES

Dije recientemente que estaba preparado para morir y creo que estaba exagerando. Tengo la intención de vivir para siempre.

Leonard Cohen,<br>en octubre de 2016

*La gabardina azul* debe su nombre a una extraordinaria y misteriosa canción de Leonard Cohen, *Famous Blue Raincoat*. Este prodigio de sensibilidad que creó el genial cantautor canadiense tiene un significado muy especial para nuestro protagonista, Roberto. Como homenaje a la misma, este suele usar una gabardina azul. Una gabardina que tiene una vital importancia en la novela, una trascendencia tanto simbólica como argumental.

Cohen no vivió para siempre.

Escribo estas líneas un par de días después de haber entregado una primera versión de este apéndice (que me encargó el visionario editor Pablo Álvarez); en él pretendía explicar cómo la figura de este genio se apoderó de mi novela. El mismo día que lo entregué recibí la noticia de que Leonard Cohen había muerto durante la noche a causa de una pequeña caída, algo que no esperábamos; pero las cosas, a veces, encajan de una manera perfecta, de una manera mágica. No hay nadie más escéptico que yo, pero esto no es casual. Esa es la magia de la ficción. La magia de la poesía.

Leí la prensa: inmensos y merecidos elogios y anécdotas personales sobre el cantautor, que tuvo una vida digna de ser contada y leída. Pero me quedo con una de ellas, por su insólita conexión con todo ese universo que se ha creado entre Cohen y mi novela: Kurt Cobain, músico estadounidense, ídolo de varias generaciones, era un gran drogadicto, como Roberto, el protagonista de *La gabardina azul;* Cobain dijo que, en cierto modo, usó la música de Cohen como terapia para calmar su dolor espiritual. No sé si lo consiguió. No del todo, desde luego, viendo cómo fue el final del mito grunge, que se suicidó a los veintisiete años.

Cohen no conocía a Kurt Cobain, pero cuando se enteró de su historia, al salir del monasterio en el que vivió durante años, dijo: «Lamento no haber podido hablar con este joven. He visto a mucha gente que ha pasado por las drogas y encontrado una manera de salir. Siempre hay alternativas, y quizá podría haber hecho algo por él.»

Cualquiera que conozca el «dolor espiritual» producido por una adicción sabe a qué se refería Cobain. No sé si esas palabras de las que habla Leonard Cohen podrían haberlo ayudado, no sé si había esperanza para Kurt Cobain. Pero curiosamente llega Cohen, con su gabardina azul, a sobrevolar este *thriller* protagonizado por un gran adicto. Quién sabe, tal vez su extraña presencia, su sabiduría, su misteriosa *Famous Blue Raincoat*, influyan en nuestro protagonista para que su final no sea tan duro como el de Cobain. Desde luego, Cohen está aquí, en esta novela, y ha venido para quedarse. Y como dice el título de la canción de otro gran poeta, que ha estado muy enfermo recientemente, y que espero que tarde muchos años en acompañar a Cohen al cementerio de los genios: «Queda la música» (Luis Eduardo Aute).

Yo estaba escribiendo y la canción vino a buscarme. A mí y a esta negra historia, porque no podía ser de otra forma. Tenía aquí su sitio, y la estábamos esperando.

En mi blog personal, *Ficción, o no*, escribí un post como homenaje al cantante y a su canción, en el que daba algunas claves sobre la misma, y sobre cómo ha llegado a ser un elemento esencial en la novela. Reproduzco a continuación una parte de dicho post.

Una canción para una novela
(Leonard Cohen y su *Famous Blue Raincoat*)
Blog *Ficción, o no*, 20 de agosto de 2016

En el impagable discurso que dio cuando recibió el Premio Príncipe de Asturias (qué grima da ver a ciertas «personalidades» en primera fila escuchando algo tan sublime), Leonard Cohen contó, entre otras cosas (escuchad el genial discurso, por favor), la historia de un español que le enseñó a tocar la guitarra y se suicidó después de la tercera clase, en una historia tan trágica como poética. También habló de la importancia que tuvo Federico García Lorca para él, cómo le ayudó a encontrar su propia voz. De Lorca aprendió, por ejemplo, que:

«Si alguien va a expresar la gran e inevitable caída, que nos espera a todos, debe hacerlo dentro de los estrictos límites de la dignidad y la belleza.»

Discurso de Leonard Cohen
por el Premio Príncipe de Asturias.

Estoy totalmente de acuerdo con esta afirmación. La novela negra *La gabardina azul* es la historia de una caída, de la caída profunda e inevitable de Roberto a un negro abismo.

La banda sonora de esta novela corre a cargo, esencialmente, de Leonard Cohen con su *Famous Blue Raincoat*. Es esta una triste, bellísima y compasiva canción en la que Cohen canta, susurra más bien, a un antiguo amigo. A un amigo que muchos años atrás lo traicionó. A un amigo que se acostó con su mujer, con la que tuvo algún tipo de aventura.

> *Trataste a mi mujer como un objeto más de tu vida.*
> *Y cuando ella volvió ya no era la esposa de nadie.*

En esas palabras, en esos recuerdos del pasado, hay dolor, un dolor ya consumido por los años, pero un dolor que convirtió en llamas el corazón de Cohen. Sin embargo, pasado el tiempo, este decide perdonar y aún va más allá, y le dice a su amigo que supone que lo echa de menos.

> *Y todo lo que puedo decirte,*
> *mi hermano, mi asesino.*
> *¿Qué puedo decirte?*
> *Supongo que te echo de menos.*
> *Supongo que te perdono.*
> *Me alegro de que te cruzaras en mi camino.*

La canción la firma Cohen. De hecho, termina así: «*Sincerely, L. Cohen*», cuando es más que probable que la escribiera dirigiéndosela a él mismo, que el propio cantante fuera quien tuvo una aventura con la mujer de un amigo; la famosa gabardina azul, en realidad, le pertenecía a él, y no a otra persona.

¿Quién sabe? Como dice el cantante: «Si yo supiera de dónde vienen las buenas canciones iría a ese lugar más a menudo», «La poesía viene de un lugar que nadie comanda, que nadie conquista».

Y *Famous Blue Raincoat* es mucho más que una buena canción. Es otra cosa. Es algo que se te mete dentro y te retuerce. Te abruma su belleza, la tranquila intensidad que desprende. Es la obra de un poeta y músico genial, con una gran riqueza de matices y con varias posibles interpretaciones en distintos aspectos de la misma.

Durante el proceso de escritura de la novela, la canción llegó cuando la historia estaba ya en marcha, con la trama bien avanzada. Curiosamente, estaba escuchando una versión de The Handsome Family, los autores de la magnífica *Far From Any Road*, canción que se hizo muy popular por la serie *True Detective*.

Y hablando de versiones, también me gusta la que tiene Christina Rosenvinge en español. Merece la pena escucharla, desprende una extraña sensualidad.

Escuché *Famous Blue Raincoat* una y mil veces, la original de Cohen principalmente, hasta que ella misma se fue haciendo un hueco en la historia, un lugar cada vez más importante, hasta llegar al punto de ser esencial en la novela, de apropiarse de ella en cierto sentido.

En un momento determinado de la novela, cuando la canción suena por primera vez, Roberto le explica a Noa lo que significa para él una estrofa en concreto, algo que para él tiene especial relevancia:

> Cuando sonaron los primeros acordes algo sucedió, de eso estoy seguro. Sea por las razones que fuera, ya no estábamos en el mismo sitio. Mil veces había escuchado esa canción, mil veces había llorado y me había transportado a ese lugar al que te llevan las grandes canciones. Pero eso era distinto. Esa sensa-

ción era algo nuevo, porque no estábamos en este mundo.

La realidad era otra.

[...]

—¿Qué dice la letra?

—Es una carta que le escribe a un antiguo amigo, que tuvo una aventura con su mujer, y ahora está lejos. Le dice que lo perdona y lo echa de menos.

—Tierno.

—Y hay una estrofa que dice: «Y Jane volvió con un mechón de tu pelo. Dijo que tú se lo diste, la noche que decidiste desintoxicarte.» Bueno, esa es la traducción que a mí me gusta, aunque hay discusión al respecto sobre lo que significa *«you planned to go clear»*. Parece que puede ser algo relacionado con la Cienciología.

—¿La secta?

—Sí. Estuvo metido en eso. Pero a mí me gusta más la otra traducción. Y eso es lo que significa para mí. Porque yo también decidí desintoxicarme una noche, aunque se ve que no ha funcionado del todo. Cohen pregunta después a su amigo: «*Did you ever go clear?*» Pues más o menos, Leonard, más o menos.

Luego Roberto se va, y deja a Noa su gabardina azul, una gabardina que volverá a aparecer en un momento decisivo de la novela, en medio del mar que une Vigo y las islas Cíes.

Y, ya más adelante, Roberto reflexiona:

Mar en calma y una perfecta luz de luna.

Nada a mi alrededor. Solo las imponentes islas, a las que ya no creo que vaya. Estarán a un kilómetro, pero ¿cómo voy a llegar si no estoy seguro de estar avanzando?, ¿o son las islas las que se están moviendo, alejándose de mí?

Debería dormir. Porque estoy cansado.

Debería descansar. Porque tengo sueño.

Suena una guitarra.

Una cálida voz susurra, y me envuelve.

Ya no tengo frío.

*It's four in the morning, the end of December*
*I'm writing you now just to see if you're better.*

Mientras Leonard Cohen canta para mí, veo a Noa en las iluminadas aguas. Tiene los ojos abiertos y me devuelve la mirada, pero es una mirada inexpresiva.

Leonard Cohen

Y esta escena nos lleva inexorablemente al clímax de la novela. Cohen susurra y empuja la historia hacia su peligroso e imprevisible final.

Gracias, genio.

*Sincerely*, D. Cid.

# AGRADECIMIENTOS

A mi tío, Antonio Sánchez Lorenzo, por tantas y tantas cosas que sería imposible enumerarlas aquí. Eres un genio y este libro muy difícilmente sería posible sin ti; a mi tía Pilar Rodríguez Fernández, por tus constantes ánimos y una corrección exhaustiva.

A mamá. Por todo, simplemente. Estoy vivo gracias a ti, y no solo por lo obvio. Me das constantes fuerzas, me animas, cuidas y confías en mí en los momentos más difíciles, que han sido muchos.

A Pilar Borrajo Incio, por haber estado en mi vida durante los últimos diecisiete años dándome un amor y una amistad tan abrumadores e incondicionales que parece increíble que puedan existir. Por haberme salvado. Por haberme cambiado. Por haber sacado de mí lo mejor. Por creer en mí cuando yo no podía. Por tus consejos y opiniones. Por haber compartido y colaborado conmigo en cada proyecto que he decidido emprender. Nada sería posible sin ti.

A Cristina Fariñas Rey, por todos tus consejos, opiniones, cariño y la ilusión que has puesto en mis trabajos, y en los que hemos compartido. Por tu enorme amor y amistad. Por confiar en mí y ayudarme cuando lo necesitaba, y para ti ha sido especialmente difícil. Por ser la mejor compañera que he tenido y tendré nunca (estar contigo no era trabajar, era otra cosa). Por tantos y tantos momentos especiales.

A mi hermana Vanesa Cid Sánchez, por tu gran ayuda y hospitalidad, y una dura primera mirada sobre *La gabardina azul*.

A Francisco Castro, por tu tiempo, consejos, elogios y ánimos.

A Helena Álvarez Álvarez, por haberme apoyado y cuidado en unos días especialmente críticos. A Víctor Pérez Novoa, Emma de la Iglesia, Javier Garrido y Pablo Carnota, por leer y opinar.

A Adrián Cid Sánchez, mi hermano.

A Alejandro Rodríguez, un gran terapeuta sobre adicciones, y una gran ayuda.

A todos aquellos que me han apoyado desde las redes sociales, leyendo o comentando el blog, *lagabardinaazul.wordpress.com*, en mi perfil de Facebook...

Estas son las personas que han estado más directamente relacionadas con el proceso, o al menos con el periodo de escritura, de *La gabardina azul*.

Hago extensivo el agradecimiento a todos los que están o han estado en mi vida, a todos los que me quieren de una u otra forma. A todos los que se alegran cuando me va bien y se entristecen cuando me va mal. A todos los que, aunque a veces haya sido difícil, confiáis en mí. A todos, os quiero. Sabéis quiénes sois. Y yo también.

Si me olvido de alguien, recordádmelo, por favor. No me odiéis. Como mucho, usad la violencia física.